# La Salvación del Multimillonario

## LA OBSESIÓN DEL MULTIMILLONARIO
### Max

# J. S. SCOTT

La Salvación del Multimillonario
La Obsesión del Multimillonario ~ Max
J.S. Scott

Traducción: Antonio Gragera
Revisión y Corrección de Texto: Isa Jones
Diseño de portada de Cali MacKay-Covers by Cali

ISBN: 978-1-939962-71-3 (Print)
ISBN: 978-1-939962-70-6 (E-Book)

Este libro está dedicado a las increíbles amigas que han alentado mi escritura y llenan de júbilo cada día de mi existencia: Melissa, Clara, Judy, Chrissy y Rita. Doy gracias por contar con tal grupo de mujeres fuertes, solidarias y extraordinarias como amigas. ¡Sois únicas!

-Jan.

## Nota del traductor

La presente traducción sigue la normativa ortográfica que aparece en la nueva Ortografía de la Real Academia de la Lengua. El español utilizado en la traducción es eminentemente peninsular, pero se han evitado vocablos y estructuras que puedan considerarse estigmatizadas en otros países de habla hispana.

La traducción incluye anglicismos que forman parte del lenguaje coloquial en español, muchos de ellos aparecen en la última edición del Diccionario de la Real Academia de la Lengua.

El traductor agradece a la profesora Dña. Consuelo Puebla sus revisiones y sus contribuciones al texto.

Antonio Gragera

# Índice

# Prólogo

*Febrero, 2011*

Max Hamilton miraba al vacío desde la arenosa franja de playa detrás de su casa, tiritando y frunciendo el ceño al agua que rompía en la arena, como si se tratara de un enemigo. La oscuridad de la noche era casi absoluta, pero los astros iluminaban lo suficiente como para ver batirse el mar delante de él. Había hecho de la gran masa de agua que le había robado a Mía su némesis y, en ese momento, sentía resentimiento por cada gota de agua en el Atlántico. Perdido en él, el cuerpo sin vida de su esposa flotaba en sus entrañas, sepultada en una tumba de agua. Podía sentir cómo su cuerpo se alejaba más y más de él. Como si al irse le hubiera arrancado el corazón y se lo hubiera llevado con ella, él se había quedado allí, indefenso, sangrando incesantemente a través de la herida.

Se llevó la mano al pecho y se lo frotó, pero no pudo aliviar el insoportable dolor.

*No... maldita sea. No puede ser. Creí que tendría todo el tiempo del mundo para doblegar poco a poco mi deseo. Creí que podría someter mis debilidades y amarla como se merecía ser amada.*

Le fallaron las piernas y dio con los glúteos en la arena, la humedad calando sus pantalones vaqueros. No le importó. Su mirada clavada en el agua. Estaba demasiado aturdido para sentir los elementos, demasiado roto para que le importara, todo su ser concentrado en Mía, como si esperara devolverla a la vida con la fuerza de su voluntad. Ignoró no sólo el frío embate del viento contra su cuerpo, cubierto solo con una camiseta y unos vaqueros, sino también los mosquitos que hacían de su piel desnuda un festín y el tortuoso sentimiento de abandono, tan doloroso que si no se obligaba a cerrarle el paso se volvería loco.

Tenía cada músculo de su cuerpo en tensión, los puños apretados, la mente intentando mantener sus emociones bajo control. Llorar significaría aceptar que Mía se había ido para siempre y se negaba a creerlo. No iba a llorar su muerte. Nunca la aceptaría. Si aceptase que se había ahogado en aquella misma playa, mar adentro, no podría sobrevivir la agonía de pensarlo.

Max Hamilton no lloraba. Nunca lo había hecho. Hasta cuando sus padres murieron en un trágico accidente reprimió el impulso, o se avergonzarían de él. Ningún Hamilton se dejaría llevar por sus emociones ni permitiría que la razón se sometiera a ellas. Sabía que sus padres lo habían querido, pero habían nacido en un mundo de privilegios y siempre le habían enseñado a actuar con decoro y moderación. Sus padres siempre dijeron que era el hijo perfecto y siempre estuvieron orgullosos de él. Al ser adoptado, Max había querido ser perfecto en todo momento e hizo todo lo posible, aún después de que ellos murieran. Su costumbre de mantenerse a distancia era algo que él asociaba con el afecto y la aprobación. Ahora no estaba tan seguro. Su corazón le decía que Mía podía haber muerto sin llegar a saber lo que de verdad sentía por ella.

Por desgracia, no se sentía tan seguro y ecuánime en ese momento y su compostura *hamiltoniana* parecía estar abandonándolo.

Mía había desaparecido de aquel mismo lugar una semana antes. Había dejado su bolso, ropa y teléfono en la playa. Siempre le había gustado darse un baño rápido en aquel lugar, al que llamaba su paraíso particular.

Cerró los ojos. Max dibujó su rostro, su expresión traviesa y su sonrisa burlona. ¡Dios! ¡Cómo odiaba que fuera sola a nadar o hiciera cosas que él consideraba peligrosas!. La aleccionaba lo mismo que un maestro haría con su pupilo, pero ella siempre se burlaba de él, sacándolo poco a poco de su enfado, diciéndole que era demasiado serio y se preocupaba en exceso. El problema era que nunca pudo estar enfadado con ella por mucho tiempo. Condenada mujer. Lo había manejado a su antojo desde el momento en que se conocieron y él la había dejado hacer. Siempre que la advertía cuando hacía cosas que le preocupaban acababa dejándola hacer lo que le diera la gana, haciéndole creer que se preocupaba sólo a medias, cuando en realidad le horrorizaba la idea de perderla.

Él era el hombre serio, responsable, que siempre actuaba lógicamente y con cautela. Y Mía… ¡Oh, Mía! Lo hizo feliz, siempre lo hacía reír, lo complementaba, hacía que deseara perder el control completamente. Nunca lo hizo. Ni una sola vez. Fue capaz de sujetar la rienda a los instintos que ella despertaba en él. Pero por poco.

— Era nuestro trato —susurró roncamente, aunque el trato nunca fue oficial, nunca lo hablaron—. Yo me encargaba de las cosas serias y tú me ayudabas a aliviar la carga.

Ella lo hacía reír cuando él estaba tenso y él le daba a ella serenidad. Juntos eran perfectos. O quizás sólo Mía era perfecta y simplemente lo hacía a él un hombre más feliz. No le importó reprimir el deseo constante de comportarse como un hombre de las cavernas y llevársela a rastras a su guarida. Pero ella nunca había conocido esa faceta secreta de él, que le pedía a gritos rienda suelta.

*Porque no quería que eso la alejara de mí.*

Se tumbó y se cubrió la cara con el brazo, dejando escapar un grito ahogado de dolor. Sus emociones encontradas, batallando por dominar el caos de una mente tomada por la rabia, la desesperación, la rebelión y el dolor. Para su desgracia, la agonía que le corroía alma y corazón estaba ganando la pelea, atenuada sólo por su negativa a admitir la realidad.

*No ha muerto, ella no ha muerto. Necesito más tiempo con ella.*

Apretando los ojos fuertemente para aliviar el escozor que sentía bajo sus pestañas por las lágrimas que se negaba a verter, reprimió el sollozo que se estaba formando en su pecho. Él y Mía formaban una pareja. No podía funcionar sin ella. Llevaban dos años casados, compenetrados como piezas de un rompecabezas, inseparables desde el primer momento en que se conocieron. Nunca había creído en el amor a primera vista o en la conexión inmediata hasta que conoció a su esposa. En muchas cosas eran completamente opuestos y, aun así, eran el uno para el otro. Ese sentimiento lo había acompañado desde el comienzo de su relación. Pero entonces se resistía a admitirlo, pensando que lo que sentía por ella se atenuaría hasta hacerse soportable. Nunca fue así y, honestamente, Max sabía desde el principio que nunca sería así. Simplemente, había sido demasiado estúpido para admitirlo.

Volvió a sentarse, se abrazó las rodillas y se meció, luchando contra cualquier pensamiento racional que pudiera filtrarse en su mente acerca de la desaparición de su esposa. Si empezaba a pensar lógicamente, tendría que admitir, probablemente, que estaba muerta. Mía no desaparecería sin decirle nada. Podría ser algo descuidada con su propia seguridad, deshaciéndose de su guardaespaldas siempre que podía, pero nunca había sido desconsiderada. No era posible que no contactara con él, a menos que físicamente no pudiera.

— ¿Dónde estás, Mía? —susurró con voz ronca, desesperada—. No me hagas esto, por favor. Te necesito.

*Debería haberle dicho más veces que la amaba, pasar más tiempo con ella en lugar de volar de un lugar a otro buscando conquistar el mundo y de ocultar los instintos que despertaba en mí. No debería haber huido de ellos. Ella podría haber sido capaz de aceptarlos, como había aceptado todo lo demás.*

Lo cierto es que nunca le había dado la oportunidad. Nunca se abrió completamente a ella, nunca le dijo exactamente lo que sentía. Lo lamentaba ahora, cuando era demasiado tarde.

Meciéndose con más fuerza, abrió los ojos y las lágrimas brotaron finalmente. Se pasó el brazo por los ojos, maldiciendo su suerte mientras se secaba bruscamente su torturado rostro. Pero las lágrimas volvían a aparecer y sólo conseguían irritarlo más. A duras penas pudo ponerse en pie. Se acercó al borde del agua y siguió caminando hacia delante, tentado de perderse en el océano si era de la única manera que él y Mía pudieran volver a estar juntos.

*No ha muerto. Ha desaparecido. No la voy a abandonar.*

— ¡Mía! —El viento impetuoso arrastró su lamento mar adentro. Tiritando, gritó desesperadamente—. ¡Vuelve!

Nadie respondió. Cayó de rodillas en el agua helada, dejando que le acariciara el pecho. Sus lágrimas se mezclaban con el agua. Su desesperación y su angustia se rompían en la garganta con un doloroso sollozo. Y luego otro. Y otro. Las olas empujaban su cuerpo hacia la orilla y él se dejó llevar por la inercia del agua. Cuando llegó a la arena, gateó una corta distancia hasta derrumbarse en la playa.

*Deja de llorar de una puta vez. No está muerta. Está en algún lugar, perdida. Tienes que encontrarla.*

Empezó a toser violentamente. Intentó reprimir el estridente sonido que se escapaba de su boca, le bastaba la cólera que le producía lamentar la muerte de una esposa que podría no estar muerta. ¿Y qué si la policía y todo el mundo pensaba que estaba muerta? No se daba por vencido. Nunca se daría por vencido.

No había movimientos en su cuenta bancaria, ninguna señal de que estuviera viva. Pero él no iba a parar hasta encontrarla. Sin apenas dormir desde que desapareció, había pasado la última semana removiendo Tampa buscándola, contratando detectives privados cuando ya la policía se limitaba a mover la cabeza de un lado a otro con resignación.

— No me rendiré, mi vida. Te lo prometo —murmuró con los labios rasposos a causa de la arena que empezaba a recubrir el interior de su boca con cada respiración—. Te esperaré siempre.

Con la vista nublada, abrumado por el cansancio, miró fijamente a las olas que rompían. Podía ver luces a lo lejos, barcos que pasaban por su campo de visión en la oscuridad de la noche. Parpadeó intentando mantenerse consciente, pero la oscuridad se apoderó de él y se rindió a ella. Sabía que no iba a irse de aquella playa esa noche. Quizás nunca lo haría. Quizás se quedaría allí hasta que muriera o hasta que Mía volviera a él.

La figura mojada, aterida, embarrada, yació inmóvil hasta el amanecer. Abrió los ojos en la madrugada con la esperanza de que todo lo que había pasado la semana anterior hubiera sido sólo un sueño. No lo era. Cuando se miró al espejo al día siguiente tuvo que admitir para sí que a veces no existían las segundas oportunidades. De vez en cuando, algo o alguien extraordinario aparece en tu vida y sólo hay una ocasión para hacerlo tuyo. Desgraciadamente, él había sido un cobarde, con miedo a los cambios, y le habían quitado su alguien extraordinario antes de que pudiera reclamarla como suya.

Por primera vez en su vida, Maxwell Hamilton sentía remordimientos, algo extremadamente doloroso. En algún momento, debería de pasar examen a su vida y decidir si realmente necesitaba ser un robot que funcionase con una lógica y un control meticulosos, haciendo sólo lo que a su parecer era aceptable. Pero eso sería más tarde, cuando el dolor remitiese. Tristemente, ese día nunca llegaría.

*Capítulo 1*

*En el presente.*

—N o necesito una mujer, Maddie, ya estoy casado.
Max acarició su alianza de platino, un anillo
que raramente abandonaba su dedo desde el
día de su boda y allí permanecería aún hasta después de muerto.
Técnicamente, seguía casado. El cuerpo de Mía nunca fue encontrado
y no había sido declarada oficialmente muerta.

Respiró hondo, dejando salir el aire lentamente, saboreando el
olor a barbacoa y aire fresco. Celebraban el final del verano con
un *picnic*, una rara ocasión en la que familiares y amigos podían
reunirse en uno de los parques públicos, volver a la niñez y olvidar
que eran algunos de los individuos más ricos del mundo, con más
responsabilidades sobre sus cabezas que un ciudadano cualquiera.
Hoy, eran gente corriente y Max no quería tener esta conversación
con su recién encontrada hermana. Sólo quería saborear el hecho de
que tenía una familia, una hermana de la que no conoció su existencia
hasta principios de año. Por unas cuantas horas, quería disfrutar de
la compañía de la gente que le importaba y no pensar en la mujer

que había perdido. Encontrar a Maddie había sido un milagro, un regalo que no quería desperdiciar.

Maddie se mordió el labio inferior, mirándolo con una expresión preocupada desde el otro lado de la mesa a la que habían sido desterrados por el marido de Maddie, Sam Hudson. Sam estaba a cargo de la barbacoa y quería a su esposa, embarazada, alejada del fuego. Max sonrió, preguntándose cómo su amigo y cuñado iba a sobrevivir el embarazo de Maddie. Estaba de pocos meses y Sam la trataba como si fuera tan frágil como el cristal. No quería imaginarse lo enfermizamente protector que Sam se volvería a medida que el embarazo progresaba. No importaba que Maddie fuera médico y perfectamente capaz de saber lo que podía o no podía tolerar, Sam estaría siempre encima de ella. Francamente, no podía culparlo. Él mismo se sentía algo más protector que un simple hermano. Su hermana tenía treinta y cinco años, dos años mayor que él, y quería ese hijo desesperadamente. Se sentiría aliviado cuando el bebé naciera sano y salvo. Cualquier otra opción le destrozaría el corazón a Maddie, y su hermana ya había tenido suficientes adversidades que superar en la vida.

— Sólo quiero que seas feliz —respondió en voz baja, estirando nerviosamente uno de sus rizados mechones de pelo rojo.

Max odiaba esa expresión triste en su rostro, pero de alguna manera tenía que hacerle entender que no estaba interesado en ninguna compañía femenina. A veces no era posible conseguir la felicidad extrema que ella tenía con Sam. Definitivamente, no estaba en su futuro. Él había encontrado al amor de su vida… Y había conseguido mandarlo todo a la mierda. Su hermana había tratado de presentarle a varias mujeres todo el verano y eso se tenía que acabar.

— Siento por Mía lo mismo que tú sientes por Sam. La amé. Aún la amo. Su muerte no ha cambiado nada. No hay nadie más para mí, Maddie. Ella fue la única. —Max sabía que Maddie lo entendería. Después de todo, ella había esperado una década por Sam—. No puedo estar con nadie más. Nunca podré.

—Eso lo piensas ahora, Max, pero algún día…

—Sentiré exactamente lo mismo el próximo año, dentro de diez años y cada día posterior. —No iba a andarse con rodeos con ella. Nunca más. En el pasado, cambiaba de conversación cuando le sugería que debía buscar la compañía de una mujer, pero esta vez no. La preocupación de Maddie por su felicidad era entrañable, pero equivocada. Sólo conseguía hacerle recordar aún más lo que había perdido—. Si algo le pasara a Sam, ¿cuándo estarías lista para salir con otro?

A Maddie se le entristeció el rostro y Max se sintió como un imbécil. Lo último que deseaba era herir a Maddie. Sabía que tenía buena intención y sólo quería que fuese tan feliz como lo era ella con Sam, pero ya no aguantaba más y necesitaba desesperadamente que lo dejara en paz. Había pasado los dos últimos años y medio intentando no perder la cordura, el dolor en el pecho sin remitir, intentando superar día a día la angustia de vivir sin Mía. Era mejor no pensar en relaciones amorosas en absoluto. No había final feliz para él, sólo supervivencia, y estaba mejor trabajando, durmiendo de agotamiento y dando gracias al cielo por la familia y los amigos. No quería otra mujer. No había sustituta. Era como era. Aparentemente, él y su hermana compartían una misma característica: se enamoraban una vez y para siempre.

—Nunca —admitió Maddie. Sus ojos avellana se encontraron con los de él, comprendiendo finalmente lo que le quería decir—. Nunca estaría preparada porque Sam es el único hombre para mí. Te comprendo y te pido disculpas. Es sólo que me siento tan inútil. Quiero ayudarte, pero no sé cómo.

Max se levantó y fue a sentarse al lado de su hermana embarazada para abrazarla. Cerró los ojos, saboreando el femenino, compasivo abrazo de su hermana mientras le rodeaba los hombros con sus brazos y lo estrechaba.

— Ya me has ayudado siendo mi hermana. No necesito nada más —dijo con dulzura y con voz enronquecida. Mentía, sin duda. Pero lo que necesitaba no era posible. Mía no iba a regresar y necesitaba aceptarlo. Simplemente, nunca lo había aceptado hasta el momento.

—A ver si dejáis eso ya antes de que Sam venga y os parta los brazos.

La voz masculina, jovial, sonó a sus espaldas. Su cuñado Kade se acercaba a ellos con Tucker, el sabueso con cara triste de Max. O mejor dicho, de Mía. Tucker era un perro callejero que Mía había adoptado y Max nunca había averiguado a qué raza pertenecía. Parecía un mal cruce entre *basset* y san-humberto, un can que hacía poco más que comer y mirar con reproche a Max desde algún lugar escondidos entre los pliegues de su piel. Max no estaba seguro cómo Kade había hecho que Tucker se moviera. Aquel perro consentido y holgazán solía mirar a quienquiera que lo quisiera pasear con desdén y se volvía a dormir. Podía ser peor que un dolor de muelas, pero Max no había sido capaz de deshacerse de Tucker a pesar de las muchas miradas acusatorias que éste le lanzaba, como si lo hiciera responsable por la desaparición de Mía. Ella adoraba al perro y el chucho estaba completamente enamorado de su dueña. Hombre y perro habían firmado una tregua sólo por ella. Habían aprendido a tolerarse mutuamente. Max sabía que Tucker todavía languidecía por Mía, como si todavía esperara que volviera a casa. En eso, hombre y perro eran tristemente parecidos. De alguna extraña, retorcida manera le hacía sentirse mejor a Max saber que había otra alma lamentando la pérdida de Mía, aunque fuera un perro de treinta kilos poco atractivo.

Kade se acercó a ellos cojeando, arrastrando a Tucker. El perro jadeaba, lengua afuera, cuando se dejó caer a los pies de Max, no sin antes dirigirle una mirada de recriminación.

—No es culpa mía. Te fuiste con él —respondió Max a la silenciosa amonestación de Tucker, devolviéndole la mirada.

¿Es que Tucker no conocía a Kade? El hermano de Mía se empeñó en doblegar su pierna mutilada como si tuviera algo que probarse a sí y a los demás. Cuando tuvo el accidente de moto que terminó su brillante carrera de jugador de fútbol americano, los médicos no creían que pudiera salvar la pierna, pero Kade no sólo la salvó sino que estaba en mejor forma que ninguna otra persona que Max conociera. Max se separó de Maddie, que sonreía a Kade mientras que este se dejaba caer sentado a su lado, cuidando de no sentarse encima del sándwich de Maddie.

—¿Os habéis dado una buena paliza? —preguntó Maddie, acercándose a acariciar al maltrecho can. Tucker ya estaba roncando, pero dejó escapar un gemido de satisfacción cuando ella le acarició la cabeza.

—Seguro. Tucker me ha hecho sudar la gota gorda. Estoy reventado. Este perro corre a un ritmo agotador —respondió Kade bromeando.

Sonrió a Maddie y se incorporó, como si estuviera listo para andar otros diez kilómetros sin esfuerzo. Max estaba seguro que Tucker había seguido a Kade sin molestarse en apretar el paso, lo que sin duda habría puesto de un humor de perros a Kade.

*Me recuerda tanto a Mía.*

Kade y Mía tenía los mismos ojos azules, una sonrisa luminosa y el pelo rubio. En ese momento, Kade estaba despeinado y necesitaba un corte de pelo, que le llegaba al cuello de la horrorosa camisa de flores que llevaba puesta. Por alguna razón, Kade había sido siempre el perfecto candidato para la lista de los hombres peor vestidos. No era porque no tuviera dinero. Su cuñado era más que rico, quizás más que Max. Se había hecho cargo de la Harrison Corporation junto a su hermano mellizo, Travis, cuando sus padres murieron cuatro años atrás y había sido defensa en un equipo de fútbol profesional en Florida, ganando un sueldo astronómico y contratos publicitarios altamente lucrativos. Max apostaría algo a que la camisa, a pesar de estar para arrojarla al cubo de basura más cercano, era de marca. De hecho, creía que Kade se vestía así para irritar a su hermano. Travis era más bien neurótico y meticuloso, características que Max compartía y que deberían hacerlo más afín a Travis que a Kade. Sin embargo, después de perder a Mía, Max y Kade se habían acercado más, pasaban más tiempo juntos. Kade había estado dispuesto a hablar de Mía, Travis permanecía estoico y en sí mismo.

—Fue un detalle que sacaras a Tucker a hacer ejercicio —dijo Maddie a Kade acercándose a darle un beso en la mejilla.

—Quieto ahí. Sam tolera que Max reciba algo de mimos, pero si no eres familia, guarda las distancias.

Simon Hudson, el hermano menor de Sam, se acercaba a la mesa con su embarazadísima esposa, Kara, pretendiendo que su aviso sonara con seriedad.

—Somos familia política, más o menos —contestó Kade, sonriendo mientras que Simon ayudaba a Kara a sentarse en el banco enfrente de ellos—. Es la hermana de mi cuñado. ¿No cuenta eso?

Simon arrugó el entrecejo, se evidenciaba su preocupación porque su esposa pudiera ponerse a dar a luz en cualquier momento. Kara estaba radiante, su cara sonrosada por el paseo con su marido. Simon miró por fin a Kade después de sentarse al lado de su mujer.

—No cuenta. Si no eres familia directa, olvídate —sentenció Simon.

Kara le dio una torta en el brazo.

—Kade es de la familia. Déjalo en paz, cavernícola. Resulta que a las dos nos gusta que nos trate como hermanas. Kade y Max son mis hermanos honoríficos.

Max dejó escapar una risotada.

—Así que podemos darte un abrazo de hermano, ¿no? —preguntó sin dejar de mirar a Simon.

Pobre Simon, no debería tomarle el pelo. Era enfermizamente celoso y su mujer estaba de nueve meses, pero Max no podía evitarlo. Con una mirada cómplice a Kade, los dos empezaron a levantarse. Simon emitió un gruñido, de hecho, enseñó los dientes, cuando Kade y Max se levantaron. Kara parecía encantada con la idea de recibir el abrazo de los dos hombres.

—Un paso más y los dos acabáis en el hospital —advirtió Simon amenazante.

Max sonrió y Kade rio a carcajadas. Definitivamente, no era buena idea bromear con Simon acerca de su mujer, pero era entretenido ver sus reacciones. Los dos volvieron a sentarse, sabiendo que no era conveniente ir más lejos. A Max no le cabía duda que Simon cumpliría su palabra.

—Ya verás —dijo Simon—. La venganza se sirve en plato frío.

La sonrisa despareció del rostro de Max. Aunque a Kade lo había plantado su novia recientemente, su cuñado podría algún día encontrar una mujer y entonces pagaría todas sus bromas. Pero Max sabía que nunca la encontraría. Y él nunca había tratado a Mía de la forma que Sam y Simon trataban a sus mujeres. Sus padres lo habían querido, dándole todo lo que un hijo, adoptado o no, pudiera desear. A cambio, él siempre quiso hacerlos sentirse orgullosos comportándose siempre con dominio de sí. No es que no hubiera querido comportarse como un salvaje con Mía en algunas ocasiones, todo el tiempo, de hecho, pero no había permitido que ese deseo saliera a la superficie. Sin concesiones, lo reprimió, enterrándolo en lo más profundo de sus entrañas, y amó a Mía con el mismo tibio, solícito afecto que su padre mostraba hacia su madre. Pero por Dios que no había sido fácil. Max sabía que sus instintos animales se habían despertado con Mía, devorándolo por escapar, pero los había ocultado siempre, en una lucha constante para mantenerlos a raya. Ahora pensaba que ojalá los hubiera desatado y la hubiese amado con toda pasión. Temía asustarla, ahuyentarla si se comportaba irracionalmente. Pero viendo a los otros dos hombres con sus esposas no podía estar seguro de que ella no lo hubiera querido a él de esa manera también. Kara y Maddie parecían felices, por entero seguras de que eran amadas. ¿Se había sentido Mía así alguna vez? No estaba seguro.

Sam les trajo un plato de hamburguesas y perritos calientes recién hechos. Rápidamente, juntaron dos mesas de *picnic* para que todos pudieran sentarse. La madera pareció crujir, protestando el peso de la gente y de la cantidad de comida, suficiente para alimentar a una milicia. Kade y Maddie se sentaron uno a cada lado de Sam. Max recorrió con la mirada el grupo en torno a la mesa y la gente a lo largo del perímetro del parque, riendo para sí de la cantidad de guardias de seguridad camuflados que los rodeaban. Sabiendo que Sam y Simon tendrían el parque rodeado, no se había molestado en incluir su servicio de seguridad, más pequeño, en esta ocasión. Ahora estaba contento de no haberlo hecho. Hubiera sido demasiado. Los hermanos Hudson tenían prácticamente un pequeño ejército rodeando el parque para proteger a sus mujeres. No es que Max los culpara. Quizás si hubiera sido más firme con Mía acerca de su seguridad, quizás si no la hubiera dejado convencerlo de que no necesitaba que la siguieran cada minuto del día, quizás...

Iba a coger una hamburguesa cuando la vio, su mano se detuvo abruptamente antes de alcanzar el plato. Se quedó helado cuando se encontró con la mirada de una mujer a unos pocos metros de él, sin moverse, medio escondida detrás de una palmera. Su corazón dio un respingo cuando sus ojos se clavaron en los de ella, tan parecidos a los de Mía. Podría haberse convencido de que no eran el mismo azul, pero no podía ignorar el sentimiento de familiaridad que sintió y que vio reflejado en la mirada de ella. No podía ser.

—Mía —susurró, dejando caer la mano sobre la mesa, boquiabierto.

Al oír la declaración callada de Max, Kade miró en su misma dirección, vio a la mujer y luego se volvió a Max.

—No te hagas eso. No es ella —le dijo bruscamente.

Sí. Era cierto. Hasta un año después de la desaparición de Mía, Max la veía por todas partes. Pero esto no era lo mismo.

—Es ella —respondió Max sin dejar de mirarla, su cuerpo más y más tenso a medida que se ponía de pie.

Kade lo sujetó por el brazo. Fuertemente.

—Sus ojos son del mismo color, eso es todo. No es ella. Mírala, Max. Tiene el pelo corto, oscuro. Es delgaducha. No se parece en nada excepto por los ojos. Hay cientos de mujeres con los ojos azules. Deja de torturarte. Mía ya no está aquí y nunca va a volver.

Kade hablaba en voz baja, apenas audible. Tenía la cabeza vuelta de forma que sólo Max pudiera oírlo. Max lo ignoró, se deshizo del abrazo de su cuñado mientras se levantaba respondiendo a la llamada de la tristeza que sentía viniendo de aquella mujer. Sin dejar de mirarla, dejó la mesa. La sensación de familiaridad que sentía hacía desvanecerse todo el ruido a su alrededor hasta sólo oír el tumultuoso latido de su corazón y sentir la misteriosa sensación de conocer a la mujer que estaba a la vez tan cerca y tan lejos de él.

*Déjà vu.*

Esa fue exactamente la sensación que experimentó cuando miró a Mía por primera vez y se perdió en el intenso azul de sus ojos.

Cuando él se acercó, ella se echó hacia atrás. Esquivando la mirada, se dio la vuelta y empezó a correr, sus estilizadas extremidades, que unos pantalones cortos y una camiseta dejaban al descubierto, se alejaban ágiles, con paso ligero.

*Maldita sea. No. No corras. Por favor, no corras.*

La desesperación lo embargó y echó a correr detrás de ella, golpeando con furia el polvo. Rápidamente salvó la distancia entre los dos.

—Espere, sólo quiero hablar con usted —le gritó, lo suficientemente cerca que casi la podía tocar.

Sin dejar de correr, ella giró la cabeza, asustada por la proximidad de la voz, el pánico en la expresión. La distracción le impidió ver el bordillo de la acera delante de ella y tropezó. Cayó con violencia, golpeando el suelo con la cabeza. Como estaba mirando hacia atrás, no tuvo oportunidad de usar los brazos para amortiguar la caída.

—¡Mierda! —Sorprendido, Max tuvo que saltar para evitar caer encima de ella, encogiéndose al ver cómo la mujer se golpeaba la cabeza contra el cemento. Casi sin aliento, se agachó al suelo a su lado, sintiéndose culpable por haberla perseguido como un lunático y provocando tal caída—. ¿Se encuentra bien? —preguntó preocupado mientras le daba la vuelta, sujetándole con cuidado la cabeza.

Estaba mareada, la expresión perpleja como queriendo saber qué había pasado.

—No te has afeitado hoy.

Debería haber sido extraño que dijera algo así, pero no lo fue. Él solía ser meticuloso con su afeitado. A veces, se afeitaba dos veces al día para mantener un aspecto más pulido. Ya no se preocupaba tanto de eso ahora, se afeitaba por la mañana e ignoraba la sombra que asomaba pasada la tarde. La seductora y confundida voz llegó a Max golpeándole el estómago hasta dejarlo casi sin respiración, sin poder ni siquiera pensar.

—¿Mía?

Apenas el nombre pudo salir de sus labios mientras recogía su frágil forma entre sus brazos, su cuerpo entero temblando de emoción. La mujer movió la cabeza de un lado a otro, como intentando aclarar la mente.

—No. Yo no soy la mujer que busca —dijo ella negando con la cabeza hasta quedarse con la expresión en blanco. Cerró los ojos tras un breve parpadeo y se desvaneció en sus brazos, la cabeza apoyada en su pecho.

*No sabes lo que dices. Eres exactamente la mujer que busco.*

—No. Despiértate. Quédate conmigo —susurró Max fervientemente, apretándola más contra su pecho.

Sintió humedad en la mano que le sostenía la cabeza. La retiró un poco. Estaba llena de sangre a causa de un corte en la cabeza. Las heridas en la cabeza sangran muchísimo. Podría no ser tan grave como parecía.

*Calma. No. ¡Qué coño! ¿A quién quiero engañar? Ha perdido el conocimiento.*

Sam, Simon y Kade llegaron cuando Max se puso de pie, sosteniendo el liviano peso de la mujer en sus brazos.

—¿Has perdido la puta cabeza? ¿Por qué coño corriste de esa manera? —Kade miró a la mujer que Max tenía en los brazos—. ¿Qué le ha pasado?

—Tropezó. Está inconsciente. Se golpeó la cabeza contra el suelo. Necesitamos llevarla al hospital. Llama a una ambulancia.

Por una vez, Kade no discutió. Se metió la mano en el bolsillo buscando su teléfono. Max empezó a andar, su mente racional estaba funcionando. Sabía que tenía que sacarla del parque y salir a la carretera al encuentro de la ambulancia. Podía sentir el aliento cálido de ella en su piel y su pulso acelerado en la punta de los dedos en los que descansaba el cuello de la mujer.

*Vive. Mía vive.*

Era algo extraordinario, por muchas razones, pero Max sabía que no era el momento de pensar en eso. Lo sabría todo cuando llegara el momento. En ese momento, Mía necesitaba cuidados médicos. Si no se concentrara en eso y sólo en eso... se volvería loco y su famosa flema lo abandonaría por completo.

Max atravesó tan deprisa como pudo el parque, intentando no mover mucho a la mujer que llevaba en brazos. Simon y Sam lo flanqueaban en silencio, uno a cada lado. Kade iba detrás de él, todavía al teléfono, resoluto, dando detalles de su localización a los servicios de emergencia.

—Yo puedo llevarla un rato —sugirió Sam, poniendo la mano en el hombro de Sam para intentar detenerlo.

—No —protestó Max. No iba a dejar que nadie más que él la tuviera en los brazos. Antes se helaría el infierno. La había recuperado, no la iba a dejar ir. Con un movimiento del hombro, se deshizo de la mano de Sam y siguió adelante.

—No puedes tenerla en brazos hasta que la ambulancia llegue. Puede tardar algo —quiso razonar Simon.

— Sí puedo —respondió Max hoscamente, involuntariamente estrechando el abrazo a la mujer a medida que alargaba sus pasos—. Es mi mujer. La llevaré en brazos tanto como haga falta.

Necesitaba conservarla, necesitaba abrazarla. No se dio cuenta de la expresión atónita de Sam y Simon, que lo miraban como si hubiera perdido la cabeza.

—¿Piensas que es Mía? —preguntó Sam, confundido.

—Es Mía —respondió Max con seguridad.

—Max, no se parece a Mía.

Max giró el cuello para mirar a Sam.

—Es ella —dijo beligerante. Él la conocía. Y aquella mujer olía como Mía, se sentía como Mía. Era Mía.

Llegaron al aparcamiento. La mujer empezó a agitarse cuando Kade se unió a los tres hombres. Se oían las sirenas en la distancia, acercándose rápidamente.

—Ya viene la ambulancia —murmuró Kade, metiéndose las manos en los bolsillos y mirando a Max con preocupación—. Max, ya sé que crees que es Mía, pero tienes que saber que no lo es en realidad.

Max la vio abrir los ojos lentamente, pestañeando como si estuviera intentando aclarar la vista y mirando alrededor con cautela.

—¿Qué ha pasado? ¿Por qué me llevas en brazos? —dijo con sorpresa.

—Te caíste y te golpeaste la cabeza, cariño —respondió Max con calma.

—¿Me haces el favor de soltarme? —le pidió ella, revolviéndose.

—De ninguna manera. Tienes una herida —dijo frunciendo el ceño.

Irritada, miró a su hermano.

—Kade, ¿quieres decirle a Max que estoy bien? ¿De dónde has sacado esa camisa tan horrorosa? Es peor que aquella violeta con pájaros. —Sus ojos confundidos se dirigieron a Simon y Sam— ¿Qué hacen Simon y Sam aquí? ¿Dónde estamos? Dios mío, me siento como si me hubiera pasado un tren por encima.

Descansó su cabeza en el hombro de Max otra vez, sin protestar más porque la tuviera en brazos, su momento de lucidez aparentemente desvanecido. Los cuatro hombres quedaron mirándose unos a otros, sin moverse, antes de mirar a la mujer que Max sostenía.

—¡No es posible! —exclamaron Simon y Sam al unísono.

El pulso de Max se aceleró, empezó a secársele la boca. Se vio a sí mismo incapaz de decir nada, intentando buscar sentido a lo que estaba pasando… Y fracasó estrepitosamente. Kade sacó el teléfono de su bolsillo y oprimió uno de los botones. Elevando la voz para que pudieran oírlo por encima de las sirenas de la ambulancia que se acercaba, gritó al teléfono.

—¿Travis? Necesito que te reúnas con nosotros en el hospital. Creo que hemos encontrado a Mía. Está viva.

Maddie, Kara y el resto de los asistentes al *picnic* llegaron, todos hablando a la vez cuando los paramédicos saltaron de la ambulancia y acercaron una camilla. De mala gana, Max dejó a Mía sobre la inmaculada sábana que cubría la colchoneta, pero la sujetó de la mano y no la soltó. Ignorando el caos a su alrededor, siguió a su mujer en todo momento. Subió a la ambulancia y se sentó a su cabecera. Dejó que el paramédico hiciera su trabajo, pero agarrado de su mano, apretándola ligeramente, necesitado de su contacto.

—Señor, ¿tiene usted alguna herida? —preguntó el paramédico con marcialidad.

La pregunta apenas penetró la niebla que nublaba la mente de Max. Lentamente bajó la mirada a su camiseta, dándose cuenta de que estaba cubierto por la sangre de Mía.

—No —dijo de forma casi inaudible, negando con la cabeza—. Ya no.

El perplejo joven miró a Max un instante y se encogió de hombros, convencido, sin duda, de que la sangre pertenecía a Mía. Volvió a lo suyo. Detuvo la sangre que salía de la herida de Mía, le estabilizó la cabeza y el cuello y empezó a hacer preguntas a Max acerca de la salud de su esposa. Sacándose bruscamente de sus propios pensamientos, Max conectó su piloto automático, respondió a todas las preguntas, con coherencia, dándole al paramédico toda la información que podía para ayudar a Mía. Convocando todo el autocontrol de los Hamilton, Max se calmó y dejó a un lado las emociones. Debería haber sido fácil. Era algo que había hecho toda su vida. Pero en ese momento le costó un esfuerzo enorme, un esfuerzo que no parecía importarle si no lo conseguía.

*Hazlo por Mía. Ella necesita que estés lúcido y que te domines.*

Con ese pensamiento, Max fue capaz de sujetar la rienda, ser el hombre racional que todos esperaban siempre que fuera. Para cuando la ambulancia llegó al hospital, Max estaba completamente en control de sí mismo. Lo único que indicaba que no había logrado del todo dominar sus emociones era el firme, inquebrantable lazo que mantenía sobre la mano de Mía. Por algún desconocido fenómeno, Max sabía que la vida le daba una segunda oportunidad. Por muy imposible que pareciese, su mujer le había sido devuelta y esta vez no iba a echarla a perder. Siempre con una expresión grave, no dejó a Mía por un instante, ni cuando le pedían que esperara fuera. Había esperado demasiado. Tenía a su esposa de la mano y no iba a dejarla ir otra vez.

## Capítulo 2

**H**e hablado con sus médicos, Max. Hasta con el psiquiatra que los asesora. Su golpe en la cabeza es leve. Tiene algunos síntomas normales tras un traumatismo con amnesia regresiva. Realmente no recuerda nada de lo que ocurrió en los dos últimos años y medio de su vida. —Maddie le estaba hablando como médico, pero había dejado ver su preocupación cuando se sentó al lado de Max en la sala de espera y le puso la mano sobre la de él.

—¿Me lo puedes poner de forma que lo entienda? —preguntó Max tras dejar escapar un suspiro de cansancio.

Con la otra mano, se recorrió la cara desde la frente a la mandíbula, miró a su hermana, incapaz de ocultar su expresión de súplica. Quería que alguien le dijera que Mía iba a estar bien. Cualquier otra cosa no era aceptable.

—Quiere decir que cuando se golpeó la cabeza contra el cemento, dañó su cerebro y alteró algunas de sus funciones. Está bien, Max. De verdad. No hay nada anormal en la resonancia magnética. El dolor de cabeza y el mareo remitirán poco a poco y recuperará la memoria.

Maddie soltó la mano de Max cuando Sam entró en la habitación con una bandeja de cartón llevando varios vasos de café.

Silenciosamente le dio uno a cada uno y se desplomó en la silla al lado de su mujer. Max sabía que debería sentirse aliviado al escuchar lo que Maddie decía, pero cada vez que veía la vulnerabilidad en el rostro de Mía, sentía deseos de matar a alguien. El problema era que no tenía ni idea a quién matar por lo que le había sucedido a su esposa. Ni siquiera sabía lo que le había sucedido. Por otro lado, sólo quería saber que estaba sana y salva. Pero no podía evitar tener momentos de vacilación, preguntándose dónde habría estado, qué le habría pasado durante estos últimos años. Él era un hombre de lógica y nada de esto tenía sentido para él.

Como si estuviera leyendo su mente, Sam hizo un comentario pausado, pero con la determinación de una promesa.

—Averiguaremos qué es lo que ha pasado, Max.

Max pudo oír en el tono de Sam lo que él no había dicho en voz alta. El hijo o los hijos de puta lo pagarían si le hubieran hecho algún daño. Max miró a Sam por encima del hombro de Maddie. Cuando sus ojos se encontraron, Sam asintió con la cabeza a Max, indicándole que hablaba en serio. Max inclinó la cabeza ligeramente, agradeciendo el apoyo de Sam, satisfecho de que alguien reconociese su indignación y su impotencia, su necesidad primitiva de vengarse por lo que le había pasado a Mía. Sí, no estaba seguro de que le hubieran hecho daño, pero alguien se la había llevado y quería la cabeza de esa persona en ese momento.

—Necesitas dormir, Max. Llevas dos días aquí. Ve a casa y descansa. Mía se podrá ir a casa por la mañana —le rogó Maddie, con cara de preocupación.

De ninguna manera. Necesitarían un ejército para alejarlo de Mía. Ella estaba confundida y asustada y, aunque Maddie no lo sabía, eso era raro en Mía. Necesitaba quedarse con ella. Su mujer había vuelto y nada ni nadie se la iba a llevar de su lado otra vez. Con la incertidumbre de no saber lo que había ocurrido, por qué había desaparecido, no se separaría de ella.

—Yo me quedo. Dormiré cuando volvamos a casa —respondió testarudamente, mientras levantaba la tapa de su vaso de café y bebía un buen trago—. Vosotros dos necesitáis iros. Yo estoy bien.

Más que bien. Quería levantarse y brincar de alegría porque su mujer le había sido devuelta. Lo haría si no estuviera tan cansado y tan preocupado. Kade y Travis ya se habían ido, pero Maddie y Sam habían decidido quedarse para que Maddie persiguiera a los médicos y tener toda la información del caso de Mía, previo permiso de ésta. Gracias a Dios su hermana era médico. Max necesitaba oír lo que pasaba de la boca de alguien en quien él confiaba y en un lenguaje que entendiera. Sam se levantó y sujetó a su esposa de la mano ayudándola a ponerse en pie.

—No quiero dejarte solo aquí esta noche, Max —dijo Maddie tiernamente, con una mirada compasiva a la figura descuidada de su hermano.

Max levantó la mirada, agradecido por su consideración. Dejó el café en la mesa que tenía a su lado, se levantó y la abrazó con la fuerza de unas tenazas. Con destreza, Sam recogió el café de la mano de su mujer al tiempo que Max la fue a abrazar.

—Gracias por aparecer cuando más te necesitaba, pero ya no estoy solo. Mía está conmigo. Estoy donde tengo que estar. —La voz sonaba entrecortada, sus emociones aflorando a la superficie por el cansancio. Luego, soltó a Maddie—. Llévatela a casa. Está embarazada con mi sobrino —dijo a Sam.

Sam rió con desdén.

—Querrás decir mi hija —dijo arqueando una ceja a Max.

Max puso los ojos en blanco.

—Mi sobrino —repitió Max de buen humor. Sabía que a Sam no le importaba si fuera niño o niña, sólo le importaba que estuviera bien, pero como había sabido que Sam esperaba darle una primita a la niña, a punto de nacer, de Simon, no lo quedaba otra que contrariarlo. No sería natural no discutir con él.

Sam cogió a Maddie de la mano y le dio un golpe en la espalda a Max.

—Ahora ya puedes tener uno propio, pesado. Nos vemos mañana.

Sam salió de la sala de espera con Maddie, sus palabras resonando en la mente de Max. Apenas se había atrevido a creer que Mía estuviera viva, de nuevo en su vida. Era demasiado pronto para empezar a pensar en niños, pero no pudo contener la ilusión de pensar que podría tener algo más que un futuro desolador por delante. Con el corazón latiendo deprisa, salió dando zancadas de la sala de espera hasta la habitación de Mía.

Su mujer había estado en el hospital durante dos días y aún apenas había tenido oportunidad de hablar con ella. Alguien venía siempre a buscarla para más pruebas y exámenes y cuando estaban en la habitación siempre había alguien visitándola. Quería estar a solas con ella, lo necesitaba.

No llamó a la puerta. Estaba entreabierta y la empujó suavemente con el hombro, sus ojos fijos en la cama. Max no sabía qué esperaba encontrar, pero exhaló con desahogo la respiración que, sin saberlo, había estado conteniendo. Quizás tuviera miedo de haberse vuelto loco o de que ella se hubiera ido. Pero allí estaba, con la cabeza baja, mirando a la pantalla del ordenador, mordiéndose el labio inferior mientras tecleaba.

*Está asustada. Conozco esa expresión de preocupación.*

Su pelo seguía estando corto, pero era rubio otra vez. Aparentemente, el tinte que tenía antes era sólo temporal. La mayoría se le había ido después de que la enfermera le ayudara a ducharse. Max no podía negar que quería saber por qué había querido ocultar su color, por qué se había cortado su preciosa melena, pero no le iba a preguntar nada. No iba a recibir ninguna respuesta, no ahora, al menos. En su lugar, se limitó a contemplar las hebras rubias que enmarcaban su bello rostro. Con un camisón rosa y unas zapatillas de felpa, parecía mucho más joven de lo que era, veintinueve años.

*Me perdí dos cumpleaños. Nos perdimos dos aniversarios.*

No importaba. Max pensaba resarcirse del tiempo perdido. Nunca más volvería a decirse que tenía tiempo, que tendría años por delante para disfrutar de la vida con Mía después de que levantara su imperio. Haber aprendido a controlar la intensidad de sus deseos con ella era una de las razones principales por las que se había centrado exclusivamente en sus negocios. Lo que había sentido por ella era demasiado intenso, demasiado carnal, difícil de ocultar. Ella había sido su punto vulnerable, una falla en su preciado autocontrol y le había sido muy difícil mantener su instinto animal a raya. Ahora, no podía importarle menos tener o no control de sí mismo. Todo había dejado de importarle el instante en el que Mía desapareció.

¿Has aprendido la lección, imbécil?

La había aprendido, definitivamente. La vida es corta y nada, excepto las personas a quienes quería, importaba.

—¿Qué estás haciendo? —preguntó curioso, entrando en la habitación y dejando que la puerta se cerrara a sus espaldas.

Mía levantó sus luminosos ojos azules de la pantalla y le dirigió una sonrisa de felicidad. La expresión era tan familiar que casi lo hizo arrodillarse.

—Buscando. Quiero averiguar qué pudo haberme pasado y por qué no puedo recordar nada.

Cerró el ordenador y le prestó toda su atención a él, una reacción familiar que siempre lo había desconcertado y fascinado al mismo tiempo. Ahora le parecía entrañable y seductora, algo que le ayudaba a calmar una necesidad profundamente arraigada. Él se sentó en el sillón al lado de la cama, incapaz de apartar los ojos de ella.

— ¿Y qué ha encontrado, señora detective?

— No mucho. Nada que los doctores no me hayan dicho ya. Eso sí, encontré algo un tanto siniestro acerca de mi supuesta muerte. —Suspiró y se recostó sobre las almohadas antes de continuar—. Perder dos años de mi vida me asusta. Parece que fue ayer cuando estábamos en la cena de beneficencia de Bannister, pero puedo sentir un hueco en mi vida, puede sentir que todo ha cambiado. —Hizo una pausa—. Yo he cambiado —susurró.

— Lo averiguaremos, cariño, te lo prometo. Todo irá bien —respondió Max, sosteniendo su mano entre las de él y arrastrando el sillón más cerca de la cama.

—Me alegro que estés aquí. —Bajó la mirada hacia las manos enlazadas—. Obviamente no he estado viviendo una vida de ocio. Mis manos están ásperas.

Max le giró la mano, fijándose por primera vez en sus uñas descuidadas y sus manos callosas.

—Nunca viviste una vida de ocio. Eres la mujer más ocupada que conozco.

Pero su apariencia fue siempre perfecta, siempre impecablemente arreglada y conjuntada. Los cambios eran extraños, pero no pensaba decírselo a ella.

—Bueno, al menos estoy delgada —dijo con resignación.

Y lo estaba. Demasiado flaca. Otra cosa que siempre lo tuvo perplejo. Mía siempre había seguido alguna dieta y Max lo odiaba. Tenía unas curvas perfectas y un trasero que lo excitaba cada vez que lograba ver el contoneo de sus caderas.

—Nada que un buen plato de comida italiana no pueda solucionar —le respondió con una sonrisa.

— La pasta es mi enemiga —protestó ella.

—Te encanta —le recordó, queriendo reírse del comentario que siempre hacía cuando terminaba un plato de fetuchini, generalmente seguido de una porción generosa de tiramisú. Francamente, a él no le importaba la apariencia de Mía. En sus ojos, siempre sería la mujer más hermosa del planeta.

Mía retiró lentamente la mano y puso su ordenador a un lado. Entrelazó las manos y habló casi murmurando.

—Les he pedido un análisis de ADN. Mis hermanos han dado muestras de sangre para que pueda hacerlo. No será tan definitivo como sería si mi madre estuviera viva, pero…

—¿Por qué? Sé que eres mi mujer. Y tú sabes…

— Quiero que lo sepas con certeza. Desparecí por dos años. Tienes derecho a alguna prueba irrefutable.

— No la necesito. No me cabe ninguna duda. Lo supe en cuanto te vi en el parque, Mía —replicó, algo molesto porque ella sintiera la necesidad de hacerse valer ante él.

— Creo que mi hermano lo quiere —dijo Mía silenciosamente, con una evidente decepción en la voz.

*Hijo de puta, lo voy a rajar.*

— Travis —dijo Max en voz alta, la rabia vibrándole en la garganta.

— No, creo que Travis me cree. Pero no estoy segura de Kade — admitió Mía. Su expresión herida.

—¿Kade? ¿Y por qué coño quiere saberlo? —OK. Max podía creer que Travis quisiera pruebas. Podría ser un hijo de puta sin corazón que sólo creía en evidencias. Pero, ¿Kade?—. Lo mato —sentenció, pensando las muchas maneras en que podía torturar a su cuñado por pedirle tal cosa a Mía en ese momento.

— No me lo pidió realmente. Yo se lo ofrecí. Y creo que es importante que nos quedemos sin dudas por muchas razones. Kade parece diferente, distante y reacio a aceptar que sea su hermana. —Suspiró—. Quizás sea por el revés de su accidente y la ruptura con su novia. Pero está dudoso y no quiero que nadie tenga dudas.

— Aun así voy acabar con su puta vida —respondió Max irritado.

— No creo que te haya oído hablar así antes —dijo Mía bromeando.

— Bueno, las cosas han cambiado. Yo he cambiado —admitió Max, consciente de que era verdad. No era el mismo hombre que ella había conocido.

— Yo también soy diferente. Recuerdo nuestra vida juntos hasta que desaparecí, pero siento que ya no soy la misma persona —dijo en un susurro, lo suficientemente alto como para que Max la oyera—. Lo siento.

Max se puso de pie y le levantó la barbilla para poder ver sus maravillosos ojos.

— No importa. Nunca he dejado de amarte y nunca lo haré. Empezaremos de nuevo; a conocernos el uno al otro otra vez.

Se tomaría su tiempo, la dejaría recuperarse, pero Max estaba decidido a que Mía lo conociera. Quería decirle lo vacía que estaba su vida sin ella, que su corazón había sangrado cada día desde que se fue, que deseaba haber muerto con ella cuando creía que estaba muerta. Pero ella no estaba para eso ahora y, sin más contemplaciones, desechó el pensamiento. En ese momento, sólo la quería íntegra, sana y feliz.

— Claro —asintió ella con la respiración entrecortada—. Deberías irte a casa y descansar. Se te ve agotado. ¿Has dormido?

Él le sonrió.

— No mucho, pero no me voy a ir hasta que pueda llevarte a casa mañana.

—Necesitas dormir. Pareces cansado —murmuró Mía con una expresión preocupada, mordiéndose el labio con aflicción.

— Ya dormiré —le aseguró él. Odiaba verla preocupada por él cuando ella era la que estaba en una cama de hospital—. Aquí —dijo arrastrando el sillón para acercarse más a la cama.

Ella dudó un instante antes de preguntarle, vacilante.

—¿Quieres dormir conmigo?

Haciéndose a un lado de la cama, le dirigió una mirada prometedora. En ese momento, todo lo que Max quería era meterse en la cama a su lado y abrazarla, sentir su aliento contra la piel para recordarle que era suya de nuevo. Pero no podía.

— Apesto. No me he duchado y no me he cambiado de ropa en dos días.

Mía sonrió y levantó la mano señalando con el pulgar a la puerta al lado de la entrada.

—El baño está ahí y Maddie te ha traído ropa limpia. Está en el cajón.

Max hizo un mohín con los labios y se acercó a la cómoda. Abrió el cajón y sacó unos vaqueros y una camiseta, recordándose a sí mismo que le debía un gran favor a su hermana.

— Cinco minutos —le dijo a Mía, a toda prisa camino del baño. Cerró la puerta y se duchó batiendo probablemente algún record de prontitud.

Mía estaba bostezando cuando él salió del baño, con el pelo todavía mojado, pero sintiéndose humano otra vez. Ella se hizo a un lado de la cama para que él pudiera meterse dentro. La cama era pequeña y hubiera resultado escasa para un hombre de su talla sin necesidad de otro cuerpo, pero en ese momento, le parecía el paraíso.

Arrimó la espalda de Mía contra él. Gimió en éxtasis. Rodeado de su aroma, sumergiéndose feliz en su esencia. Su corazón se agitaba y su cuerpo se deleitaba con una sensación que nunca creyó que volvería a sentir.

—Lo que he echado esto de menos —le susurró al oído, con voz grave, su mano buscando el cordón que apagaba la luz de la habitación.

Se sumieron en la oscuridad. Mía se distendió refugiada en él, acoplándose perfectamente a su cuerpo.

— No recuerdo no estar juntos, pero sé que yo también lo echaba de menos. Te quiero —dijo Mía solemne, con voz pausada.

El cuerpo entero de Max se estremeció e, involuntariamente, estrechó. Le cubrió el vientre con la mano, apremiándola para que se acercase más a él. Eran las palabras que quería oír, que necesitaba oír. Mientras que Mía lo amara, nada en el mundo le importaba una mierda.

— Yo también te quiero. Pensaba que nunca volvería a abrazarte otra vez. —Se le entrecortó la voz, la emoción anudada en la garganta.

— No estoy segura de que mi enfermera apruebe esto —dijo Mía con una sonrisa.

— ¿A quién le importa? —murmuró él en su oído, inhalando el aroma de su pelo—. ¿Estás cómoda?

— Sí. ¡Qué bien hueles! —respondió con voz seductora—. ¿Y tú, estás bien?

— Para nada. Las camas de hospital son aparatos de tortura. Pero, ahora mismo, no me arrancarías de aquí ni con explosivos —dijo—. Y le debo un buen regalo a Maddie por la ropa limpia.

— Es maravillosa, Max. Estoy tan feliz de que la encontraras. ¿Cómo sucedió? —preguntó curiosa.

Max encogió ligeramente los hombros.

— El destino. O simplemente suerte. La vi en la boda de Simon y Kara y me recordó a una vieja foto de nuestra madre biológica. Esto me hizo indagar en mi pasado hasta que, finalmente, pude encontrar la prueba de que éramos hermanos. Desgraciadamente, ella no fue adoptada y lo tuvo difícil. Ojalá y lo hubiera sabido antes. Yo era un bebé cuando fuimos separados y ninguno de nosotros recordaba al otro.

— Parece feliz ahora —observó Mía.

— Lo es. ¿Cómo no iba a serlo? Me tiene por hermano —respondió Max, riéndose entre dientes.

— Ya sé que está feliz de tenerte como hermano, pero me inclino por pensar que Sam tiene algo que ver también —replicó Mía—. Se les ve felices. Maddie me contó su historia. Nunca me imaginé que Sam pudiera ser domesticado. Supongo que debajo de su apariencia de *playboy*, anhelaba a Maddie. Supongo que Simon y Sam han encontrado la felicidad. Me parece extraño que todo haya cambiado tanto. Es como si me hubiera ido a dormir y hubiera despertado en un universo alternativo. Pero me alegro que los dos hayan encontrado a su mujer ideal. Me alegro. Siempre me preocuparon los dos. Me gustaría que les pasara lo mismo a Kade y Travis.

Max estaba furioso con Kade, y Travis necesitaba una mujer que lo agarrara por los cojones y no lo dejara ir porque podía ser un imbécil de vez en cuando, pero respondió magnánimamente.

—Yo también lo espero. —Y era verdad, porque era lo que Mía quería. Kade podría encontrar a la mujer de su vida para complacer a Mía... justo después de que él le diera una paliza por hijo de puta.

— ¿Te quedarás conmigo? Hasta que recuerde, o al menos hasta que me haga al hecho de que no puedo recordar estos últimos años. —Su voz sonó nerviosa, atemorizada.

— Cariño, me voy a quedar toda la noche —le recordó.

Mía negó ligeramente con la cabeza.

— Eso no es lo que quería decir. Me preguntaba si podrías posponer tus viajes de negocios. Sólo por algún tiempo. Los medios se van a poner las botas con esto y esperaba que pudieras quedarte conmigo mientras tanto.

La culpabilidad lo tensaba y le corroía las entrañas.

— Mía, no pienso ir a ninguna parte.

— ¿Y qué pasa con tu trabajo, tu plan de conquistar el mundo de los negocios y de la política? —lo interrogó Mía, algo confundida.

Así era. En algún momento quiso meterse en política, pero había abandonado el deseo por completo. Lo había ambicionado por razones equivocadas y se dio cuenta de que sería un mal político.

— Ya te dije que he cambiado. Ya no quiero las mismas cosas que quería entonces. —Dejó escapar un suspiro viril antes de continuar hablando—. Y he conseguido todo lo que quería conseguir en el mundo de los negocios. Ya no necesito viajar tanto. —De hecho la mayoría de sus viajes no habían sido críticos, pero no quería pensar en eso ahora—. Me temo que vas a tener que aguantarme.

— Me alegraré tenerte en casa —dijo Mía, bostezando—. Te echo mucho de menos cuando te vas. Necesito que me ayudes a acostumbrarme a todos los cambios que han tenido lugar. Ojalá y recobre la memoria sin más.

Max podría haberle dicho que entendía la soledad que ella había sentido, pero dudaba que pudiera asimilar exactamente cuánto la había echado él de menos, durante su matrimonio, cuando viajaba tanto, y durante los años que la habían mantenido lejos de él.

— No vas a tener la oportunidad de echarme de menos —le dijo, divertido—. También vas a estar rodeada de seguridad de ahora en adelante. No me discutas. Se acabó ir por ahí sin protección. Se acabó escabullirse. Estarás protegida en todo momento —dijo en un tono más severo.

— Sé que no debería estar de acuerdo, pero no voy a discutir. No esta vez. De hecho, me tranquiliza —admitió. Su voz sonó perdida en la oscuridad.

— Y tampoco te vas a exponer a los medios de información — sentenció inflexible—. Haré una breve declaración cuando la prensa lo averigüe y eso es todo lo que van a tener.

— Prefiero evitarlos por ahora. Al menos hasta que recuerde lo que pasó. —Mía cambió ligeramente de postura, restregándole el trasero contra la ingle—. Max, ¿estás…? —Su voz fue desvaneciéndose, dejando la pregunta sin terminar.

Sabía exactamente lo que le iba a preguntar.

— ¿Empalmado? Ajá. La tengo como una piedra. Me excita todo de ti y he estado solo por más de dos años, cielo. Así que tienes que dejar de moverte así —respondió—. Estate quietecita.

Su cuerpo dejó de moverse.

— ¿Tú nunca… con nadie… jamás? —Se paró y al instante continuó—. ¿Nunca dormiste con nadie mientras yo no estuve?

— No. Tampoco me follé a nadie. No tenía deseo de hacerlo con ninguna que no fuera tú —respondió llanamente.

— Pero, ¿no quisiste nunca…?

— Todo lo que quería era a mi mujer. Así que me desahogaba pensando en ti, porque no deseaba a nadie más—. Max pensó que si iban a empezar de nuevo, le iría mejor siendo completamente honesto. Mía y él nunca habían hablado de sexo tan abiertamente, pero quizás deberían haberlo hecho—. ¿Te sorprende?

Guardó silencio un momento, tan callada que Max creyó que se había dormido antes de responder.

— De hecho, imaginarte así es estimulante. —Sonaba seductora, sus palabras vibrando con un *fóllame aquí mismo* que nunca él había oído antes y casi lo hacen gemir de deseo frustrado—. Ojalá lo hubiera visto —añadió en un susurro, como si estuviera hablando para sí.

Su comentario fue cándido, sin rodeos y tan franco como fue el de él. Max no pensaba que su pene pudiera enervarse más, pero lo hizo. Se hinchó dentro del pantalón vaquero como abriendo las costuras. Nunca realmente se habían seducido con un jugueteo amoroso así de explícito y hacerlo ahora era como sentir su cuerpo en llamas.

— Duérmete y compórtate —le ordenó, el pene protestándole en desacuerdo.

— OK. ¿Me prometes que estarás a mi lado?

Se sintió como una puñalada que tuviera la necesidad de preguntarlo una segunda vez pero, teniendo en cuenta cómo había manejado las cosas en el pasado, no debería haberle sorprendido.

— Te lo prometo.

Max permaneció tumbado en la oscuridad, despierto, escuchando la respiración de Mía, que se iba aplacando y haciendo más profunda. Su cuerpo descansaba inerte en sus brazos y él se obligó a relajarse. Pensó que no se dormiría en esa incómoda posición, confinado a ese espacio, pero lo hizo. Y resultó ser el sueño más sosegado y tranquilo que había tenido en mucho, mucho tiempo.

# Capítulo 3

—¿Vas a dejar de mirar y comprar algo? —dijo Max divertido, acompañando el paso de Mía mientras paseaban por el centro comercial cogidos de la mano—. Has estado mirando por más de una hora.

Mía llevaba dos días fuera del hospital, andando de un sitio a otro por la enorme casa, sintiéndose perdida y preguntándose qué debería estar haciendo. Era diseñadora de joyas y tenía un taller en casa, pero Max había insistido en que se relajara y no se pusiese a trabajar inmediatamente. Ir a su taller le parecía extraño, incómodo, así que no se sentía inspirada de todas maneras. Había poco que hacer excepto intentar averiguar por qué se sentía tan diferente, qué había ocurrido para que un enorme agujero negro se abriera en su pasado dejando un espacio vacío en él. Todo seguía igual y todo era tan diferente a la vez. A veces parecía como si su vida de casada no se hubiera interrumpido nunca. Otras veces parecía como si hubiera un mar entre los dos y podía sentir de verdad cuánto tiempo había pasado, cuánto habían cambiado los dos.

Miró a Max y le sonrió, interrumpiendo el ritmo de su respiración al mirarlo, vestido informalmente con unos vaqueros y una camiseta, tan masculino y tan perfecto que sólo deseaba contemplarlo y llenarse de él.

*Eso es algo que no ha cambiado. Aún pierdo el aliento cuando estoy a su lado.*

— Todo es tan caro aquí —respondió, preguntándose cuándo había empezado a preocuparse por el precio de las cosas.

— Creo que puedo permitírmelo —replicó Max con una carcajada.

Mía suspiró absorbiendo el sonido de aquella risa, algo que siempre le había dado un brinco en el corazón, excepto que ahora parecía sentir sus latidos con la intensidad de una taladradora. De alguna manera, cada momento con Max era mucho más intenso ahora, más importante. No es que sus sentimientos por él no hubieran sido siempre intensos. Sabía también que su amor por él había sido mucho más apasionado que el de él por ella. Sabía que la amaba, claro, pero Max era casi una obsesión para ella, un amor de locura de la que nunca saldría. Max era…. bueno…. era Max y nunca cometía excesos.

— Me parece ridículo pagar tanto dinero por unos vaqueros. ¿Por qué? —respondió encogiéndose de hombros.

— Por qué, por qué, por qué. Sigues siendo la mujer más inquisitiva que conozco y sospecho que esa sigue siendo tu pregunta favorita. —La recorrió con ojos de codicia y adoración y, en lo más profundo de ellos, con asombro.

— No tiene sentido —dijo de manera defensiva, preguntándose si le disgustarían los cambios en su personalidad. No sabía de dónde venían, sólo que se sentía rara, como si dos mujeres habitaran su cuerpo.

Max se detuvo y se la llevó a un lado para evitar el tráfico de gente en medio del pasillo. Mía golpeó ligeramente la pared con el trasero.

— ¿Qué fue de la mujer que compraba ropa sin siquiera mirar el precio? —le preguntó Max, apoyando una mano en la pared y con la otra levantándole el mentón para mirarla a los ojos—. Soy rico, Mía. Increíblemente rico y tú también, por cierto. El fondo fiduciario que te dejó tu abuela no ha hecho más que crecer desde que desapareciste. No has tocado un céntimo.

Mía negó con la cabeza, confundida.

— Lo sé. Pero no sé por qué siento como siento. Sé cómo me solía sentir y era yo, era quien era. Ahora ya no sé quién soy. —Tuvo que pestañear para evitar que se le saltaran las lágrimas, sintiéndose desesperanzada, como si nunca fuera a encontrar a la mujer que Max amaba—. Siento como si tuviera que pretender ser como era antes porque era así como tú me querías.

— Aún te quiero —respondió Max bruscamente, con ojos tempestuosos, tensando los músculos de la mandíbula— ¡Qué coño me importan a mí tus hábitos de compra!

Mía lo miró fijamente, incapaz de despegar los ojos de su expresión volátil. Parecía un animal hambriento, salvaje y peligroso. Con fascinación, miraba sus hermosos ojos color miel irradiando una incontenible intensidad que nunca había visto en el hombre que amaba. Quizás ella no se sintiera como la mujer de la que Max se había enamorado, pero Max había cambiado también. Había notado la diferencia. El problema es que era aún más excitante de lo que nunca había sido.

— Has vuelto a hablar como un camionero —balbuceó, incapaz de pensar nada más que decir. Su vientre ardiendo. Todo lo que quería era que la tocara con una necesidad casi insoportable.

Max siempre había sido un amante increíble, generoso, tierno, siempre llevándola al clímax antes de satisfacerse él mismo. Pero nunca lo había visto como ahora: estaba hambriento y ella era la única presa que quería devorar. Él se inclinó acercándose más a ella, tan cerca que ella podía sentir la calidez de su aliento en el cuello.

— ¿Te molesta que hable así? —peguntó con voz grave, áspera, contra su oído, haciéndola estremecer.

— No —respondió sinceramente.

En verdad, la forma en que había hablado había prendido fuego en su cuerpo, y su mente se perdió en visiones de él no sólo hablando como un camionero sino comportándose como tal. No la había tocado con deseo sexual los dos días que llevaba en casa y había empezado a pensar que no la deseaba más, que su cuerpo más delgado, su pelo corto, su aspecto más descuidado y su diferente personalidad habían apagado su deseo.

— Bien. Entonces, ¡qué coño importa nada! —le susurró, acercando los labios hasta que su boca se cerró sobre la boca de ella, con tal pasión que la hizo gemir en sus labios.

Max no besaba, devastaba, y Mía gimió mientras la boca de Max conquistaba la suya. Le rodeó el cuello con los brazos para poder mantenerse de pie, las rodillas como gelatina, su cuerpo entero estremecido. Enredó los dedos en su pelo, llevada por una pasión tan intensa que deseaba poder rodear su cintura con las piernas y dejar que la tomara allí mismo. Todo en él era fuerza y dominación masculinas apenas contenidas y ella estaba más que dispuesta a someterse, a conocer más de ese carnal y desinhibido Max.

Con una mano, Max sujetaba la cabeza de Mía por detrás para que no se golpeara contra la pared, mientras que con la otra se agarraba a sus glúteos, aferrándola contra sus caderas. Su lengua, implacable, penetrando y retirándose, emulando lo que ella tan desesperadamente deseaba.

Mía dejó escapar un leve quejido cuando él separó su boca de la de ella. En el oído, el aliento entrecortado de Max no sonaba muy contento.

— Mierda. Estamos en medio de un puto centro comercial y estoy deseando arrancarte la ropa y follarte.

— Pensaba que ya no lo querías más —admitió Mía, a media voz, aún sorprendida.

— Claro que lo quiero. Ni te imaginas las cosas que quiero hacer contigo. Pero no estoy seguro de que estés preparada para eso. Te he dicho que he cambiado, Mía, y no estoy seguro de que pueda controlarme más tiempo—. Echó la cabeza atrás y la miró con ojos atormentados.

Ella le pasó la mano por la mejilla, gozando la abrasiva textura de su barba incipiente contra sus dedos.

— Entonces no lo hagas. —¡Dios bendito!, si lo que acababa de pasar era indicación de lo que le esperaba, aceptaba la versión cruda y salvaje de Max tal y como era y se deleitaría con ella. Era un hombre dispuesto a todo con ella y no había nada que deseara tanto, más de lo que se había imaginado nunca—. Te necesito.

Mía miró la expresión de lucha consigo mismo en Max. Podía percibir su vacilación, pero si la expresión animal que veía era alguna indicación, el deseo de tenerla estaba ganando en él.

La cogió de la mano y se incorporaron al flujo de transeúntes.

— Voy a perder la calma —murmuró, llevándola a una tienda de precios económicos—Compra algo. Vete antes de que haga algo que nos ponga en evidencia a los dos —ordenó en voz baja pero firme al tiempo que le soltaba la mano y se desplomaba en un sillón próximo a la puerta.

Mía sabía que él quería distancia, pero estaba reacia a dársela. Lo que ella quería era explorar este nuevo Max, saber qué temperatura podía alcanzar, pero estaban en un centro comercial con decenas de personas alrededor y él ya se había expuesto lo suficiente besándola sin aliento contra la pared.

*Lo deseo tan desesperadamente que no me habría importado. Hubiera dejado que me tomara donde quisiera porque me olvido de todo cuando me besa.*

Sus mejillas empezaron a sonrojarse cuando vio a los agentes de seguridad que los seguían sentarse en los otros sillones próximos a la puerta.

*Dios mío, me olvidé de ellos. Estaba completamente perdida en Max.*

Seguramente, los agentes se habrían vuelto de espaldas y los habrían escudado a Max y ella para que no fueran vistos, pero aun así era un tanto mortificante pensar que los habían seguido, y visto, cuando los dos se magreaban en un lugar público.

¿Y estamos intentando evitar la atención de los medios? Así se hace, Mía. Buena manera de evitar ser vista. Por algo Max hizo lo posible por recomponerse.

Paseándose entre la ropa informal, Mía seleccionó algunos pantalones vaqueros y camisetas, obligándose a no mirar el precio esta vez. Necesitaba ropa de su talla. Max no había cambiado nada en la casa y aún tenía en ella su ropa vieja, pero en su mayoría le venía grande. Su cuerpo era ahora al menos una talla menor. Frunciendo el entrecejo mientras apilaba todo lo que quería, se dijo a sí misma que probablemente se la podría poner de nuevo en poco tiempo. Max la hacía comer constantemente, como si estuviera intentando compensar algún tipo de privación. Obviamente, había sufrido privación. Estaba más delgada, pero ciertamente no muerta de hambre. Max se encontró con ella en la caja registradora. En silencio, entregó a la persona encargada su tarjeta platino, con una expresión imposible de leer.

Mía iba recoger sus bolsas cuando Max se le adelantó, cogiéndolas con un brazo, apoyadas en el pecho, y agarrando a Mía de la mano, apretándola tiernamente mientras salían de la tienda.

— ¿Estás molesto por lo que ha pasado? Sé que detestas muestras de afectos poco dignas en público —preguntó curiosa mientras se dirigían a la puerta principal del centro.

— ¿Molesto? No, estoy furioso —dijo a bocajarro.

— ¿Por qué? —preguntó Mía, sorprendida. Max estaba realmente enfadado.

— Porque no he podido terminar lo que había empezado —se quejó, con un tono divertido—. No tienes ni idea lo cerca que has estado de ser violada contra una pared por tu desesperado esposo.

— Podíamos haber usado los vestuarios —apuntó Mía, burlándose de él. Que Max la deseara de esa manera era como un potente afrodisíaco que le afligía el cuerpo por sentirlo dentro de ella, en cualquier sitio, en cualquier momento.

Max le dirigió una mirada contrariada sujetando la puerta de salida para que ella saliera.

— ¿Y me lo dices ahora?

— ¿Lo habrías hecho? —preguntó Mía intrigada y fascinada por el deseo de su marido por ella.

— Sin pestañear, si lo hubiera pensado —dijo, la necesidad manifiesta en su voz. Cogiéndola de la mano, se dirigió hacia el coche. Sus guardias de seguridad los seguían a corta distancia.

— No hubiéramos podido hacer nada —dijo Mía lamentándolo—. A menos que lleves un condón en el bolsillo.

Max la miró perplejo. ¿Por qué? Nunca antes habíamos necesitado ninguno.

Mía bajó la mirada al pavimento, con la vergüenza reflejada en sus mejillas.

— Porque no sabemos lo que me ha podido pasar, Max. Ni siquiera tienes una idea de lo que ha podido ser.

— ¿Temes que hayas sido infiel? —preguntó Max titubeando.

— No —murmuró ella— Lo que haya pasado, me conozco bien, incluso mejor de lo que me conocía antes, y nunca tuve deseos de estar con un hombre que no fueras tú. Te quiero de la misma manera que tú me quieres a mí. Pero no sabemos si fui secuestrada o... —a Mía le costó trabajo decir la última palabra, pero la dijo— violada. No puedes arriesgarte. No hasta que sepamos con certeza lo que ha pasado. Iré al médico y me haré un chequeo, pero necesito recobrar la memoria.

Max le tiró de la mano, deteniéndola al lado del coche.

— La recuperarás, cariño, sabes que si sucedió algo, mataré a quien lo haya hecho y no tendrá la mayor repercusión en lo que siento por ti. Dime que lo sabes —dijo con ojos suplicantes y atormentados.

— Si sucedió, no fue por mi elección —respondió ella, medio ahogada por la emoción—. Te quiero, Max. Tanto que duele. Se me encoge la piel sólo de pensar en la posibilidad de estar con otra persona.

Max le levantó la barbilla obligándola a mirarle a los ojos, embargados por la emoción.

— Estarás conmigo.

— No puedo —¡Dios, cómo le dolía todo aquello por él!— Necesito recordar.

— Vaciaré todas las farmacias de Tampa y sus alrededores de condones —le dijo, dirigiéndole una sonrisa de medio lado que consiguió levantarle el ánimo.

Estaba intentando que dejara de pensar en lo que le hubiera podido suceder, hacerla sonreír... y lo logró. Max era irresistible cuando jugaba con ella... y solía suceder con tan poca frecuencia. Se deshizo al hechizo de su sonrisa maliciosa.

— Un poco ambicioso, ¿no te parece?

— Para nada —le contestó con arrogancia—. Creo que necesitaré suministro de otros sitios.

Cuánto amaba a aquel hombre, y lo amaba como él ahora la amaba a ella. O quizás como siempre lo hizo pero no le había mostrado hasta ahora.

— ¿Pensando en acabar lo que empezamos en el centro comercial?

— Ajá. Y después, vuelta a empezar —le dijo, ronroneando, con voz grave, sensual.

— Luego. Con toda seguridad podrás terminar luego —dijo ella sin pensarlo, rememorando el abrazo dominante, incontrolado, de Max.

— Puedes estar segura —aseguró Max, amenazante.

A Mía se le encogió el vientre, mojando aún más sus bragas ya humedecidas. Max siempre había sido un hombre de palabra. Si decía algo, lo decía de verdad. Podría haber cambiado, pero ella sabía que eso no cambiaría nunca.

*Gracias a Dios.*

— No puedo encontrar mi anillo de boda. Lo he buscado por todas partes —dijo Mía en voz baja, mientras cenaban. Max había ordenado comida italiana del restaurante favorito de Mía.

— Lo tendrías puesto cuando desapareciste. Nunca lo he visto por aquí —respondió Max, mirándola y dejando caer el tenedor en su plato vacío.

Mía pudo ver el dolor en los ojos de Max y casi la destroza. Obviamente, había notado que no llevaba el anillo, pero no había dicho nada.

— ¿Por qué me lo iba a quitar? Nunca me lo quitaba.

— Lo sé —respondió con un gesto adusto—. Yo también me lo he preguntado.

Frustrada, Mía dejó caer la servilleta en su plato vacío y agarró su copa de vino. Le dio un sorbo, intentando desesperadamente recordar lo que había sucedido, evocar memorias, cualquier indicio acerca de los últimos pocos años. Como de costumbre, no podía encontrar nada más que un espacio vacío, como si hubiera estado durmiendo todo ese tiempo.

— No puedo acordarme —admitió en voz baja, queriendo saber lo que había pasado. Necesitaba saberlo, también Max. Sin duda, la incertidumbre los estaba consumiendo a los dos—. Dime qué pasó después de que desaparecí. ¿Hubo alguna vez algún indicio de a dónde fui, qué hice?

— No —respondió Max sombrío—. Lo último que recuerdas sucedió una o dos semanas antes de que desaparecieras. —Se detuvo y le dio un trago a su cerveza antes de continuar—. No estoy seguro qué día desapareciste. Encontré tus cosas en la playa cuando regresé de un viaje de negocios. Sólo había estado fuera una noche. Podría haber sido el mismo día que me fui o el siguiente. Volví tarde a casa. Me odié a mí mismo por haber hecho ese viaje.

Parecía atormentado y ella no podía soportarlo.

— Max, no fue culpa tuya. Estabas pensando meterte en política y tenías asuntos en otros sitios.

— Cuentos. Todos. Nunca quise ser un político y podía haber dejado los viajes para mis gerentes. Fui un cabrón y un cobarde, Mía. Hacía esos viajes para distanciarme de nosotros.

Después de terminar de una vez su cerveza, se levantó abruptamente y fue al frigorífico por otra. Mía sintió que le temblaba la mano cuando fue a coger su copa de vino. Le dio un buen trago. ¿Él necesitaba distancia? ¿Había querido romper su matrimonio?

—¿Te estaba sofocando por amarte demasiado? —Era una pregunta difícil de hacer, pero necesitaba saberlo. Max había sido todo su mundo desde que se conocieron y quizás eso fuera demasiado para él. Tenía tendencia a ser un poco extremada en todo lo que hacía, mientras que Max era exactamente lo opuesto. Probablemente no podía con su intensidad por largos periodos de tiempo, aunque había intentado cambiar por él para que no se fuera de su lado.

Max retiró con la mano la chapa de la cerveza, riéndose abruptamente mientras la arrojaba al cubo de la basura.

— No eras tú. Era yo. Quería que me sofocaras, quería ser el único hombre que hubieras conocido, el único que existía para ti.

— Pero, Max, lo eras.

— No me bastaba —dijo abruptamente mientras se sentaba de nuevo, penetrándola con una mirada posesiva como Mía nunca había visto—. Algo en mi mente me decía que lo que deseaba no era legítimo. Mi padre amaba a mi madre y la trataba con cariño y devoción. Y aunque yo sentía lo mismo, me acompañaba también esta total obsesión que me parecía desnaturalizada. Eres mi mujer, una mujer a quien tengo que respetar. Nunca quería que me dejaras. No quería asustarte actuando como un maníaco. Lo que sentía por ti no era racional. Quería matar a cualquier hombre que te mirase.

Dios mío. Él había sentido lo mismo que ella y no había sido capaz de tolerarlo. El amor desatado, el deseo incontrolable de arrancarle la ropa y disfrutar del sexo sin barreras, con locura, hasta que los dos estuvieran tan saciados que no se pudieran mover. Su siempre juicioso Max, su sensato marido, su tierno amante, sentía las mismas emociones animales. Simplemente no había querido que ella lo supiera.

— ¿Así que, en realidad, eres un macho dominante en el armario? —preguntó ella, sintiendo un escalofrío cuando lo miró a la cara. La turbulencia de sus deseos brillaba en las motas doradas de sus ojos mientras la miraba como si quisiera tragársela entera. Un calor en el vientre al invadió al verlo luchar consigo mismo. Esperaba en secreto que el macho alfa se soltara de sus cadenas. Por una vez, le gustaría ver a Max perder por completo el control, no de mala manera, sino de una muy, muy buena manera. Lo haría más humano, más real, y ella lo aceptaría gustosa.

*Si eso es algo de Max que no conocía, bienvenido sea.*

— Creo que más que eso, y no pienso que continúe en el armario. Y sigo siendo perfectamente racional con todos y con todo, excepto contigo. Eres la única mujer que me ha hecho sentir de esta manera —dijo como en rugidos, su cara empapada de sudor.

Mía intentó ocultar el anhelo que estaba segura mostraba su cara, queriendo a la vez subirse al regazo de Max y hacerlo perder el control. El poder de hembra que tenía sobre él se convirtió de pronto en una sensación embriagadora, mareante. Aquel hombre, que era su mundo entero, la quería por encima de todas las cosas, de cualquier otra mujer en el planeta, y sabía que podía hacerle perder el control. Pero él se había confiado a ella y ella no iba a aprovecharse ahora de su vulnerabilidad. Lo amaba demasiado. Lo que le habían enseñado los padres que tanto quiso y lo que deseaba en ese momento luchaban uno contra otro dentro de él.

Todo en su interior se regocijaba, jubilosa de saber que él había sentido lo mismo que ella, que su amor era todo menos tibio y comedido, sujeto al control y la cordura. Ahora le parecía ridículo que nunca se hubieran revelado la intensidad de sus deseos por miedo a perder la persona a la que querían hasta la locura.

— Conmigo puedes ser tú mismo, Max. Nunca dejaré de amarte.

— Ese es el problema. Nunca me sentí vivo de verdad hasta que te conocí. Yo era el que nunca perdía los nervios, el que nunca dejaba que sus sentimientos interfirieran con su trabajo y era indiferente a casi todo lo demás. Lo único que quería era ser un buen hijo para mis padres adoptivos porque todo lo que ellos me habían dado. Supongo que creía que necesitaba estar hecho a su imagen, actuar como un Hamilton, para compensar el que no fuera su hijo biológico. Ni siquiera sabía quién era —admitió Max.

— Y ahora, ¿sabes quién eres? —preguntó Mía con delicadeza, amándolo aún más por abrirse a ella por entero.

— No del todo —dijo con un viril suspiro—. Pero puedo asegurarte que no soy indiferente, especialmente cuando se trata de ti. Sé exactamente lo que siento por ti. Lo he sabido siempre. Simplemente, no sabía si tú podrías aceptarlo.

— Puedo —le respondió enfática. Queriendo darle una tregua, alejó la mirada de él y, con calma, le hizo una pregunta—. Dime, ¿qué pasó después de que supiste que yo había desaparecido?

Max respiró hondo antes de responder.

— Naturalmente, hubo una búsqueda intensiva, pero duró sólo una semana porque no había ninguna pista a seguir. Después de eso, se convencieron de que o te habías ahogado o había sólo un posible sospechoso si habías sido asesinada. Nunca investigaron otras posibilidades porque ninguna tenía sentido.

—¿Quién? —preguntó confusa.

—Yo —respondió, su voz ronca y grave—. Una mujer sin enemigos desaparece y no la pueden encontrar, el sospechoso habitual es el marido.

— Dios mío. Max, lo siento. —Tuvo que ser terrible para él, ser sospechoso de asesinar a su propia esposa—. No había ningún motivo, ninguna razón para sospechar de ti.

Max se encogió de hombros.

— Un crimen pasional. Otra mujer. Otro hombre. Dinero, Créeme, investigaron todas las posibles razones, escudriñaron cada rincón para asegurarse de que no te había hecho nada por alguna de esas razones. Cuando finalmente decidieron que no era culpable, asumieron que te habías ahogado. Dijeron que no sospechaban nada turbio. Nunca hubo una demanda de dinero, ninguna razón para creer que te hubieran secuestrado. No había movimientos en tu cuenta bancaria. Era como si simplemente hubieras desaparecido.

Las lágrimas se asomaron a los ojos de Mía mientras observaba cómo él trataba con todas sus fuerzas de narrar los hechos de una manera impersonal, cuando era evidente que había sufrido. Si hubiera estado en su lugar, no estaba segura de haber podido salir de todo aquello sin perder la cabeza.

— Los medios de comunicación se cebarían contigo.

— Por suerte, me evitaron eso. Hicieron la investigación discretamente. Yo cooperé, les di toda la información que me pidieron.

Fuera lo que fuera lo que había hecho, Mía se odiaba a sí misma por haber creado un infierno para Max. Él era un hombre de honor, un hombre íntegro, y ser cuestionado como fue durante la investigación tuvo que haber sido devastador.

— Ojalá pudiera recordar. Ojalá pudiera saber por qué te hice todo esto —le susurró con dulzura, apretando los ojos para evitar las lágrimas.

Max se levantó de la silla y la cogió en brazos, volviendo a sentarse donde ella estaba y acunándola en su regazo.

— Vamos. No llores. No sabes las razones ni qué sucedió. No te culpes. Sobreviví. Tú estás aquí ahora. Eso es lo que importa.

— ¿Por qué llevas aún el anillo? Habrías abandonado toda esperanza, creído que estaba muerta —preguntó, las lágrimas cayendo por sus mejillas cuando abrió los ojos. Le levantó la mano, recorriendo con un dedo la banda de platino y sintiéndose perdida sin su propio anillo de boda. Por supuesto, no era más que un objeto, pero también el símbolo de su amor por Max y echaba de menos el peso en su dedo. El día de su boda había sido el más feliz de su vida y la pérdida de su anillo la mataba.

Enredando sus manos en el pelo de Mía, Max le echó la cabeza hacía atrás mientras le hablaba.

— Nunca abandoné la esperanza. Justo después de que desapareciste, me juré que nunca te abandonaría. No podría. El corazón nunca aceptó que estuvieras muerta. Supongo que creía que si lo estabas lo sabría.

Mía dejó escapar un suspiro mientras observaba la expresión firme, genuina de Max. ¿Por qué? ¿Qué razón podría tener para haberlo hecho pasar por todo eso? Podía rememorar su vida juntos hasta una semana más o menos antes de desaparecer. Es cierto que los dos se habían ocultado, temerosos de revelar algo oscuro de ellos mismos, pero se habían amado mutuamente y nunca, ni una sola vez, había pensado en traicionar o abandonar a Max por ninguna razón.

Aferrándose a su camisa, cerrando los puños sobre la tela mientras lloraba, con angustia en la voz, consiguió hablarle.

— Quiero recordar. Tengo que saber por qué.

Max le cogió las muñecas y puso los brazos de Mía alrededor de su cuello. Sus movimientos fueron delicados, pero su voz firme.

— No sigas. No sigas haciéndote esto. Ya lo recordarás y todo se arreglará.

Se estremeció cuando las fuerzas la abandonaron, exhausta, dejando caer la cabeza sobre sus anchos hombros. Tenía la boca cerrada contra la piel de su cuello y aspiró profundamente, dejando que su olor masculino, sensual, la envolviera. En ese momento, se sentía segura en los brazos de Max. Desgraciadamente, por alguna razón, no podía compartir su optimismo. Una alarma, un persistente sexto sentido le decía que aunque necesitaba recordar, las cosas no se iban a arreglar. Algo fue mal, algo fue terriblemente mal. Sólo esperaba que cuando el vacío en su memoria dejara de serlo, no destrozara a ninguno de los dos.

Dos mujeres en un mismo cuerpo. Todo lo que podía desear ahora era saber quién era ella y quién era realmente Mía.

## Capítulo 4

**M**ía detuvo su descenso en la elegante escalera de su casa, con una toalla y una manta de baño en la mano, para escuchar la poderosa música que venía del piano de cola. Aunque identificó los hábiles dedos de Max inmediatamente, la violencia de la música le llamó la atención, deteniendo su paso para escucharla.

Max había sido siempre un consumado pianista, a veces interpretando a los grandes maestros y ocasionalmente alguna composición propia. Esta era una que definitivamente no reconocía. La melodía se fue transformando de cautivadora, dolorosamente bella, hasta terminar en un violento *crescendo*, incesante que hacia su cuerpo temblar con la intensidad de la música. Se sentó en uno de los peldaños, se agarró a uno de los balaustres de madera y apoyó la cabeza contra la barandilla de roble con los ojos llenos de lágrimas mientras que su marido vertía el alma en la composición. Mía podía sentir cada emoción: amor, frustración, soledad, desesperanza, desesperación. Todas se mezclaban y arremolinaban, destilando de su corazón los mismos sentimientos que él había puesto en su música.

Tucker se dejó caer a su lado, con la cabeza apoyada en su regazo. Mía lo acarició distraídamente, adorando el tacto de su acompañante canino.

— Algo no va bien, Tucker —susurró, deseando que el perro pudiera hablar. Tucker había tenido siempre un extraño instinto, como si supiera cuando algo andaba mal. Estaba intentando consolarla en ese momento y ella le acarició la barriga, sintiéndose mejor por tenerlo como camarada.

— ¿Ha jugado contigo así mientras yo estaba fuera? —le preguntó al perro cariñosamente, sonriendo cuando Tucker la miró como si entendiera la pregunta.

Max y Tucker habían conectado y aunque el perro aún se dirigía a ella por su dosis diaria de afectos, también era ahora leal a Max. Girando sobre su cuerpo rechoncho para volver a sentarse, el can le dirigió una mirada interrogativa..

— Ve con él —apremió al perro, reconociendo que Tucker estaba dividido entre ella y Max, ambos confundidos y con necesidad de su compañía.

Con un último lametón en la mano, Tucker bajó patosamente las escaleras en dirección a la sala de música. Mía sabía, de ver a su marido y a su perro juntos, que Tucker se dejaría caer a los pies de Max, sin esperar demasiadas muestras de afecto. Pero Tucker parecía contento con compartir el espacio con el hombre que lo había alimentado y cuidado durante los últimos años.

La pieza terminó con una nota discordante. Al silencio le siguió el sonido de unos dedos jugando con el teclado. Mía respiró hondo, aturdida por la volatilidad de la composición. Max normalmente tocaba con maestría, haciendo cantar al piano, pero nunca había escuchado tanta emoción palpitando en su música.

De pronto, se dio cuenta de que nunca lo había conocido más allá de un arañazo en la superficie. Siempre tan en control y tan práctico en todos los aspectos de su vida. Nunca había mirado más adentro, temiendo que no encontrara lo que tan desesperadamente quería encontrar.

Se levantó y se dirigió hacia la doble puerta de cristal al lado del comedor, saliendo al exterior justo cuando Max empezaba a interpretar a Mozart, de nuevo con control y absolutamente perfecto.

Aspiró profundamente cuando sintió el aire cálido y húmedo sobre su cuerpo casi desnudo. Se había puesto un viejo bikini que había encontrado y una de las camisetas de Max por encima. El agua la reclamaba y bajó las escaleras de madera hasta la playa de dos en dos, ansiosa por sentir el agua acariciando su piel. Encendió la luz del porche al pasar. Estaba oscuro, pero entre la luna, las estrellas y la luz tenue del porche, su favorito rincón del mundo se transformaba en un paraíso de luces apagadas. Estiró la manta y aspiró el aire salado. Había querido pedirle a Max que la acompañara, pero se habían separado después de cenar. Él se había ido a la sala de música y ella había subido a hacer otra búsqueda de su anillo de boda, un esfuerzo infructuoso que la había dejado deprimida y confundida. ¿Se lo habían robado? No había otra forma de que se lo hubieran quitado del dedo. Necesitaba relajarse, intentar olvidar por un momento cuánto había cambiado su vida el vivir con aquel enorme agujero negro en su existencia. Se despojó de la camisa y la dejó caer al suelo. Queriendo dejar su maraña de pensamientos detrás, se dirigió al agua.

En el momento en que Max se dio cuenta que Mía no estaba en la casa, entró en pánico. Subió a buscarla, pero no la pudo encontrar por ninguna parte.

— ¡Mía! —gritaba a voz en cuello mientras inspeccionaba cada habitación de la casa—. Está aquí, en algún lugar. Tiene que estar aquí —se repetía en un susurro por cada habitación que encontraba vacía.

Cuando iba a entrar en el comedor, vio la luz del porche encendida y la puerta entreabierta.

— No. Me cago en... No —dijo con voz ronca, desesperada. Abriendo de golpe la puerta, sus ojos recorrieron la playa desde el porche y lo que vio le produjo palpitaciones. El sudor se le acumuló en el rostro mientras saltaba escaleras abajo y se precipitaba cruzando la arena—. No, maldita sea. No.

Vio la cabeza de Mía sumergirse bajo el agua y se arrojó a las olas sin importarle que estaba completamente vestido. El algodón de sus vaqueros lo refrenaba, pero el pánico lo empujaba nadando hacia ella como un desesperado. Mía sacó la cabeza al lado suyo y él, con un acto reflejo, le rodeó la cintura con el brazo.

La oyó gritar, no habiéndolo reconocido hasta que se limpió el agua de los ojos. —¡Max! Por Dios. Me has dado un susto de muerte. Intentó soltarse, pero él no la dejaba ir. La mantuvo sujeta mientras avanzaba

dentro del agua hasta la orilla.

— Sal del agua —le riñó, todo su cuerpo temblando mientras la empujaba—. ¡Ahora mismo!

La puso delante de él y le dio un empujón. Mía se atragantó con el agua que le entró por la nariz y la boca y empezó a nadar.

— Estoy cerca de la orilla. El agua apenas me cubre la cabeza —le gritó mientras nadaba en dirección a la playa.

— Muévete.

La orden fue tajante. A Max le importaba una mierda lo que dijera. La quería fuera del agua, en la playa, a salvo. ¡Maldita sea! ¿No se daba cuenta de que no podía nadar por la noche o a solas? Nunca más. Acababa de recuperarla y no la iba a perder otra vez. Odiaba aquella playa y no había vuelto a poner el pie en ella después de que pasara allí aquella noche, algo más de dos años atrás, derramando lágrimas por primera y última vez, reconociendo que su esposa bien podría haber desaparecido para siempre. Odiaba aquel maldito lugar. Odiaba la arena, el agua, el recuerdo de creer que aquel era el último lugar donde ella había estado antes de morir.

En cuanto hizo pie, Max la cogió en brazos y la llevó hasta la manta. La echó en el suelo y él sobre ella, sin respiración, más por el pánico de verla en el agua que por el esfuerzo físico. Quería... No. Necesitaba su conformidad. Ya no le importaba que no pudiera reprimir sus sentimientos. Tenerla bajo su dominio, bajo su voluntad, era lo que necesitaba, lo que lo hacía sentirse bien. La adrenalina aún le azotaba el cuerpo cuando le apresó a Mía las manos sobre la cabeza, instándolo a que tomara lo que era suyo, lo que le pertenecía.

— Mía. —Su voz ferina, animal. Su pene empujando contra el algodón mojado de sus vaqueros.

La luz era tenue, pero aún podía verle la cara. Ella no parecía de ninguna manera asustada. Lo miraba con deseo, excitada, y saber que lo deseaba de esa manera lo empujaba más a la locura. Ella no se resistió; se relajó, rindiéndose a él tan complacientemente que desató en él todos los instintos de posesión y dominación que había estado reprimiendo desde el momento en que la conoció, como si un resorte les hubiera dado salida a presión y no hubiera manera de volver a contenerlos. Max Hamilton, por fin, había perdido su famosa compostura. Y se sentía mejor que nunca.

— ¿Max? —susurró Mía, viendo la turbulencia que recorría el rostro del hombre que tenía encima y, que Dios la ayudara, estaba buenísimo. Un calor inundó sus entrañas cuando lo oyó decir su nombre, su expresión ferina avisándola de que estaba listo para hacer realidad todo lo que le había dicho anteriormente.

— Nunca volverás a esta playa. Nunca. Odio este sitio —dijo con vehemencia. El agua aún goteaba de su cara y de su pelo. Su expresión intensa, su respiración silbando en sus pulmones tan rápidamente que parecía faltarle el aire.

Mía no dudaba qué era lo que había provocado su reacción. Aquella era la playa de su supuesta desaparición. Temía por ella. Pero a ella le encantaba aquella playa y no iba a hacer una promesa que no podía cumplir.

— Me aseguraré de que hay alguien conmigo. Te lo prometo. Sabes que me encanta estar aquí —le rogó.

— Yo odio este sitio —respondió él secamente.

Bien. Entonces le correspondía a ella crear mejores recuerdos a partir de ya mismo.

— Suéltame. Déjame tocarte —susurró melosa.

— No. Voy a follarte aquí mismo. Ahora mismo. —Se inclinó hacia ella y le habló, con voz grave, cerca del oído—. Voy a saborearte primero hasta que me supliques que te la meta y luego voy a follarte hasta que no puedas más.

Increíble. Estaba lista para suplicarle ya. Su siempre sereno, mesurado Max estaba listo para actuar, y también hablar, como un animal en celo. Le hizo cuestionarse todo lo que conocía de él, cuánto había conocido a su marido realmente. Era disciplinado y sereno aun haciendo el amor. Pero ahora no parecía ni mucho menos sereno. Parecía voraz, salvaje, con toda su bravura concentrada en ella.

— Condones —le recordó—. Necesitamos condones.

Llevándose la mano al bolsillo de sus pantalones empapados, extrajo un puñado de condones, salvados del agua por el envoltorio de plástico, y los arrojó al suelo.

— Fue mi primera precaución —dijo con voz áspera.

Ardiendo en deseo, Mía no pudo controlarse a sí misma.

— Entonces, tómame y haz que me corra —lo retó, sabiendo, de alguna manera, qué decir para provocarlo. Era algo que no diría normalmente, pero se sintió bien después de decirlo. Nunca había hablado *sucio* durante su matrimonio porque Max no lo hacía, pero no tenía ya ese problema.

Dos mujeres en un mismo cuerpo ...otra vez.

— Cariño, no te quepa duda que te vas a correr ... y vas a gritar mi nombre cuando lo hagas —le prometió amenazante.

Mía miró su expresión animal, pensando que tendría que sujetarle las riendas. Él estaba reaccionando al miedo y la ansiedad, su desaparición lo había hecho actuar de forma inusual. Pero, Dios, le gustaba así. Salvaje, masculino, amenazante. El lado oculto de Max que ella nunca había descubierto debajo de su apariencia sosegada. Y era completamente irresistible. No le tenía el más mínimo temor. Max nunca le haría daño. Estaba tan excitada que todo su cuerpo ardía a temperatura extrema, tan lista para recibirlo que lo necesitaba en ese mismo instante.

— No soy de gritar —le recordó ella de pasada. Pero su deseo estaba desenfrenado.

— Lo serás —replicó él. Su voz sonó tan seductora y decidida que fue directamente a las entrañas de Mía, vibrando por su cuerpo hasta llegarle a sus temblorosos muslos.

— No te muevas —le ordenó soltándole las muñecas y quitándose la camiseta mojada, dejando al descubierto un fantástico torso que no había cambiado mucho en los últimos años.

El cuerpo de Max Hamilton se ocultaba frecuentemente bajo los trajes de chaqueta y las corbatas. Cada fibra de músculo bien definida gracias a sus ejercicios diarios la hacían querer llevarse a la boca cada centímetro de su pecho y de su abdomen de acero, y seguir el camino marcado por el sendero de vello que bajaba de su ombligo y desparecía tentador bajo la cintura de sus vaqueros.

Ella no era de gritar. Le preocupaba que Max se sintiera rechazado por su poco entusiasta reacción. Siempre había hecho todo lo posible por ser la mujer elegante que pensó que Max quería como pareja, una mujer con quien estaría orgulloso de estar casado. Poco a poco, ella se había transformado en la mujer que ella creía que Max quería y necesitaba, intentado dejar de lado su frecuentemente impulsiva conducta para hacerlo del todo feliz. No había logrado del todo su objetivo todavía, pero había intentado todo lo posible. Al menos, ella lo había intentado …antes de desaparecer.

—Tú …tú quieres que grite de verdad —tartamudeó, confundida por este Max que no conocía pero la intrigaba.

Agarrando las copas de su bikini, Max rompió sin dificultad la cuerdecita que las unía, dejando sus senos al abrazo de la cálida brisa de la noche. Sus pezones duros y sensibles, deseando el tacto de sus manos. Mía gimió cuando él le apretó los pechos entre sus manos y dibujó círculos con los pulgares alrededor de sus pezones.

—Sí, lo quiero. Grita, gime, suplica, córrete para mí —exigió bruscamente, mirando intensamente sus manos recorrer los pechos de Mía, una y otra vez—. Quiero oírte.

—Estamos al aire libre —dijo ella, jadeando a cada roce en sus endurecidos pezones.

—¿Quieres que pare? —preguntó él delicadamente, echándose hacia atrás, abriéndole las piernas y poniendo la cabeza entre sus pechos.

Un toque de sus labios, una caricia con la lengua, y estaba completamente perdida.

—No, por favor. —Sus brazos se movieron involuntariamente. Sus manos se empuñaron en el pelo de Max—. Te necesito. Ahora.

—¡Qué buena estás! —exclamó él contra su cuerpo mientras lamía y mordisqueaba un pezón y acariciaba el otro con los dedos—. Me perteneces, Mía. Me has pertenecido siempre —le dijo roncamente, llevando la boca de los pechos al abdomen, dejando una estela de fuego en su arrastre.

A punto de llorar por la ansiedad, Mía suspiró cuando él desató el lazo que mantenía unidas las partes delantera y trasera de la braga de su bikini, le abrió más las piernas y se deslizó entre ellas, sin dejar de lamer con lujuria su bajo vientre.

De un tirón, su poderoso brazo se deshizo de la braga del bikini y la arrojó a lo lejos, a algún lugar en la playa, con los lazos rotos. Mía contuvo el aliento mientras que los dedos de Max planeaban sobre el vello recortado de su pubis. Tan diferente a como era antes, cuando se hacía la depilación completa, algo que siempre le había parecido una especie de penitencia por ser mujer. Era evidente que, lo que quiera que hubiera hecho, no había conservado la costumbre. Se había conformado con recortarse y afeitarse.

— Así es como me gusta. Tan femenino. Tan dulce. Tan delicioso —dijo Max retumbando, su boca acariciando los labios vaginales de Mía.

Ella dejó salir el aire de sus pulmones en forma de prolongado suspiro, el tacto de los labios de Max en su carne trémula y de su lengua ardiente abriendo sus pliegues estaba acabando con ella. Nada le importaba excepto aquella lengua diestra. Su palpitante clítoris la necesitaba más que ella respirar.

— Dios. Por favor, Max. Por favor.

Le abrió las piernas aún más, exponiéndola como un festín. Y la devoró, dejando fuego líquido donde tocaba con su lengua, haciendo que su cuerpo entero se estremeciera. No hubo nada de aquella gentil, pausada, sutil técnica anterior. Su apetito era insaciable y la saboreó como un hombre hambriento incapaz de reprimir su deseo de abalanzarse sobre un plato de comida.

Sitió el clítoris de Mía, hundiéndose en los pliegues humedecidos para recorrerlo alrededor y por encima con la lengua, gimiendo mientras hacía entrar dos dedos en el estrecho canal, sintiendo la tensión de sus músculos internos intentando guardarlos dentro. Mía alzó la cadera para que entraran más. Más. Necesitaba más.

—Max, por favor. —Estaba necesitada y desesperada, lista para que Max la penetrara—. Tómame, Max. Por favor.

No podía soportar un momento más su lengua burlona y sus dedos merodeadores, que ahora acariciaban en círculos su clítoris, sin piedad. No es que él nunca lo hubiera hecho antes …pero, ¡Dios! No así, no como un hombre de acción: enérgico, decidido y completamente desatado. Solía ser un preámbulo, una herramienta para excitarla y prepararla para lo demás. No esta vez.

Mía se sentía como las olas que oía romper en la playa, turbulenta y completamente incapaz de contener su propia marejada. Lloriqueó cuando Max empezó a penetrarla con los dedos, más adentro, más intensamente, sin dejar de poner toda su atención en el palpitante bulbo que lo reclamaba. Embriagada de sensaciones, retorciéndose con los espasmos que sacudían su cuerpo, Mía llegó al más poderoso clímax que había sentido en su vida.

— Max. Sí, así. Max. —Acabó gimiendo y gritando, incapaz de no repetir su nombre, mientras que él exprimía hasta la última gota de placer que le quedaba en el cuerpo y lamía el jugo de su orgasmo.

Jadeante, sin darle oportunidad a recuperarse, Max se levantó y se quitó los pantalones, llenos de agua y arena, y sus calzoncillos con él. Cogiendo uno de los condones, lo abrió con los dientes y antes de que Mía se diera cuenta estaba dentro de ella, empujando su imponente cuerpo desnudo entre sus piernas.

— Creo que eres la mujer más *sexy* del planeta —dijo Max con voz rasposa—. Oírte gemir, gritar mi nombre, hacerte correr…Dios. No hay otra cosa igual. Excepto estar dentro de ti.

Apenas recuperada del clímax, Mía lo necesitaba otra vez. El deseo le nacía en las entrañas, un deseo que trascendía la lujuria. Necesitaba que la tomara, que la usara, que fueran uno. Max era la otra mitad de su alma y lo quería sin espera.

—Tómame. Tómame.

— Dime que me necesitas, Mía. Porque yo te necesito. Necesito saber que me deseas tanto como yo a ti ahora mismo —dijo Max, la voz torturada, antes de que su boca apresara la de ella, dejándola incapaz de decir las palabras que quería oír.

Mía le devolvió el beso de la misma manera que lo recibió, las lenguas entrelazadas mientras que él la besaba sin sentido.

Rodeándole los hombros con los brazos, podía sentir su poderoso cuerpo estremecerse mientras su lengua entraba y salía, una y otra vez. Puso las piernas alrededor de su cintura, sus talones descansando en los glúteos, duros como piedra, de Max.

— Te necesito. Ya no puedo más —balbuceó Mía cuando él le soltó los labios—. Te quiero, Max. Siempre te he querido. Siempre te querré.

Nada podía ser más cierto. Le pertenecía desde que se conocieron. Ella salía de un café, la cabeza en las muchas de cosas que tenía que hacer ese día, cuando se dio de golpe con Max. Literalmente. Le derramó el contenido de un vaso grande de café late desnatado en el traje; estaba abochornada. Él se rió, seduciéndola inmediatamente. Y seis meses más tarde estaban casados. Necesitarlo, desearlo, nunca había sido su problema. Su inseguridad era no saber si era la mujer para él, siendo los dos tan diferentes y guardando en su pasado hechos que nunca le había revelado.

— Y yo a ti, mi deliciosa, *sexy* Mía. Nunca vuelvas a dejarme solo —le ordenó vehementemente, aunque su voz aterciopelada contenía una nota de vulnerabilidad.

— No lo haré. Te lo prometo. Tómame, Max. No puedo esperar más. —Un minuto más sin tenerlo dentro y perdería los nervios.

Max se dio la vuelta con ella, con sus potentes brazos rodeándole la cintura.

— Tú misma, cariño. Quiero verte. Esta vez quiero ver cómo te corres.

Mía no lo dudó. Agarrando aquel pene enervado, se empaló en él, gimiendo mientras que se llenaba de él, hasta casi al punto del dolor. Casi, no del todo. Max estaba bien dotado y la abrió hasta el máximo de su capacidad, las paredes de su canal abriéndose y estrechándose en él. Con las manos descansando sobre el pecho cincelado de Max, no pudo resistir acariciar su piel ardiente, recorriendo con los dedos la liviana capa de vello del pecho, deslizándolos sobre los hombros y los bíceps. ¡Dios, qué ejemplar de hombre!

— Así. Tócame. Hazme creer de una vez que estás conmigo de nuevo —rogó entrecortado, agarrándola por las caderas y aupándola

para luego hacerla bajar, una y otra vez—. Ninguna sensación mejor.
—Cada palabra acentuada con una embestida, un poderoso golpe de caderas cada vez.

Con su cuerpo deshaciéndose, Mía se inclinó hacia delante y apoyó las palmas a cada lado de la cara de Max, gimiendo mientras que él controlaba el ritmo y la intensidad de sus movimientos. Podría estar encima de él, pero su marido tenía la situación bajo su control y la martilleaba implacablemente, como un hombre poseído.

Mía podía sentir que se aproximaba un nuevo clímax y todo su cuerpo se estremeció.

— Max —dijo, incapaz de verbalizar nada más.

Apartando las manos de las caderas, sin alterar el ritmo de sus movimientos, él le agarró las manos, y entrelazó sus dedos con los de ella mientras capturaba su boca. La lengua se abrió camino entre los labios de Mía, imitando los movimiento del pene, y ella se echó sobre él, ansiosa de unirse con él de todas las formas posibles. Dedos entrelazados, bocas fundidas y cuerpos amarrados, el corazón de Mía latía al compás del de Max. En ese instante, estaban como tenían que estar… completamente entrelazados, sin saber dónde terminaba uno y empezaba el otro. Mía estaba al borde del orgasmo, lista para arrojarse al éxtasis. Era estimulante y estremecedor.

— Córrete para mí, cariño. Ya —la urgió Max, separando su boca de la de ella, penetrando más adentro todavía, más rápidamente. Su pelvis restregándose y estimulando el clítoris del Mía con cada embestida.

El clímax la golpeó como una avalancha; poderoso, salvaje, completamente fuera de control. Ella navegó sus olas a medida que le surcaban el cuerpo, una a una, rompiéndose en el pecho con un gemido.

— Es demasiado. Demasiado.

Dejando libres las manos, Max le sujetó la cadera, hundiéndose en ella una y otra vez, frenético, hasta que le vino su propio desahogo.

— Nunca es demasiado. Nunca —gruñó, poniéndole una mano atrás para mantenerse dentro de ella, como si no pudiera soportar separarse.

Mía se derrumbó en el pecho de Max, agotada y completamente desorientada, sin estar segura de cómo había logrado sobrevivir a la pasión que acababa de experimentar junto a su marido.

Ninguno de los dos dijo nada, no era necesario. La mano de Max permaneció posesivamente amarrada a las nalgas de Mía, mientras que con la otra le recorría la espalda con la punta de los dedos, acariciándola ligeramente, con un efecto calmante. Ella saboreaba la sensación de su aliento cálido en el cuello, el roce de los cañones de su barba contra la piel, y el continuo, rápido, ritmo de su corazón bajo sus dedos.

Finalmente, sus propios latidos y su respiración se calmaron.

— ¿Aún odias este sitio? —preguntó.

— No, pero cada vez que venga por aquí ahora, se me va a poner dura —protestó, si bien su voz sonaba complacida.

— Bien. Entonces vendré contigo —respondió ella, restregándose sensualmente contra él.

— Más te vale —reiteró él, dándole una palmada en el trasero.

Incorporándose levemente, Mía dejó descansar la frente en la de Max.

— Sin duda, ha empezado usted a tomarse muchas licencias, Mr. Hamilton. Nunca me imaginé que podía ser tan …osado.

— No estoy seguro de que pueda contenerme nunca más —replicó Max, sonando pretendidamente contrariado—. Siempre me has vuelto loco.

— Entonces, no te reprimas. Te quiero, Max. Nada entre nosotros está prohibido. Puedes decirme lo que quieras en cualquier momento. Me excita —le dijo, deslizando la palma de la mano por su mejilla y su mandíbula.

— Entonces, no intentaré controlarme. —Le cogió la mano y se la llevó a los labios para besarle la palma reverentemente—. No vengas aquí sola, Mía. No puedo perderte otra vez. No lo superaría.

Su tono fue deliciosamente autoritario, pero la expresión torturada de su cara casi la desmorona. Max había sufrido por lo que quiera que ella hizo y se odiaba por haberse ido, cualquiera que fuera la razón. Para él fue un infierno y ella ni siquiera sabía por qué.

— No lo haré. Te lo prometo. —Había algo nuevo, una libertad entre los dos que no quería ver rota.

— Me cuidaré de que así sea —dijo Max secamente, separándose de ella y quitándose el condón. Se incorporó y se sentó, la puso de lado sobre su regazo y se puso de pie con ella firmemente sujeta en sus brazos.

Mía peleó para que Max la dejara en suelo, temerosa de que pudiera lastimarse la espalda subiendo las escaleras, pero el apretó su cuerpo aún más fuertemente contra él, sin ceder en su abrazo.

— Nunca te dejaré ir —le dijo firmemente, más un juramento que una declaración. Mía cedió con un suspiro. No podía objetar nada a eso.

— Los condones. No los cogiste. Los podemos necesitar —dijo algo tímidamente, pensando que quizás estaba siendo presuntuosa por pensar que Max podría querer tenerla otra vez en poco tiempo.

La risa de Max retumbó en las paredes de la casa mientras entraban.

— Cariño, ¿crees que no tengo un puñado en cada rincón de la casa? —Le sonrió con complicidad—. Ya te dije que era una prioridad.

Aliviada, le devolvió la sonrisa. Se sentía en las alturas porque el estar con ella fuera tan importante para él, lo suficientemente urgente como para que repartiera condones por todas partes.

— ¿Aún te sientes con ganas? —bromeó, no acostumbrada a aquel nuevo Max

— Depravado y privado —le respondió, contrariado.

— Creo que podemos remediarlo —dijo con deseo, mientras Max la llevaba al dormitorio.

— Es lo que estaba pensando —respondió él, con un tono engreído y arrogante.

Mía suspiró, sin saber que decir. No podía objetar nada a eso.

## Capítulo 5

" **E** sposa de multimillonario aparece sin recordar nada"
Mía le dio la vuelta al periódico encima de la cama,
con el estómago revuelto porque la prensa la había
encontrado.

— Odio la prensa —comentó con furia, incapaz de ocultar un
ligero temblor en la voz.

Max atravesó la puerta del dormitorio con dos tazas de café en
sus manos. Le dio una a ella antes de coger el periódico, mirarlo
y arrojarlo a la papelera. Se sentó en la cama al lado de Mía,
mostrándose como la fantasía de toda mujer, con un diminuto par
de calzoncillo negros de seda.

— No dejes que te amargue el día, cariño. Les enviaré una nota de
prensa. Nos seguirán la pista por algún tiempo y luego encontrarán
algo más interesante de lo que escribir. Siempre lo hacen.

Mía lo sabía, pero mientras fueran la noticia, los seguirían hasta
la sepultura. Recorrió a Max con los ojos, enamorada. Su pulso se
aceleró al contemplar sus muslos y el tentador sendero que formaban
su escultural abdomen, sus hombros anchos y su pecho desnudo.
Finalmente, su mirada se detuvo en la cara y el amor que vio en él,
observándola de cerca por encima de la taza de café, la tranquilizó.

— Lo siento. Ya sé que es parte de nuestra vida, pero nunca cejaron después de lo que les pasó a mis padres. —Su voz se apagó. No quería hablar de sus padres.

Se había criado con privilegios, pero eso sólo sirvió para probar que hasta los ricos podía ser tremendamente disfuncionales. Su padre había sido un brillante hombre de negocios pero emocionalmente trastornado y todos en su familia habían pagado por ello de una manera u otra. Su madre, con su vida. No quería aparecer en las noticias. No quería que el asesinato/ suicidio de sus padres saliera otra vez a relucir y se hablara de nuevo de ello. Apenas había salido de aquello cuando conoció a Max. Desde entonces, había hecho lo posible por mantenerse ajena a los cotilleos de la prensa.

— No van a sacarlo de nuevo. Mataré al primero que lo haga — dijo amenazador.

Mía sonrió, dándole un sorbo al café y mirando a su esposo, su corazón acelerado por la visión tentadora del ejemplar de hombre. Ambos deberían estar agotados ya que habían pasado la noche devorándose mutuamente, después de su apasionado interludio en la playa, pero, extrañamente, se sentía más feliz de lo que había estado nunca, aunque no recordara parte de su pasado y Max parecía relajado a pesar de la expresión irritada que mostraba su hermoso rostro por hablar de la prensa.

— No me preocupo por mí. Puedo manejarlo. No quiero que hablen de ello por lo que te puede hacer a ti, Kade y Travis. —Tomó otro sorbo de café y vio cómo la cara de Max pasó de irritada a aturdida.

— ¿A mí? ¿Por qué coño iba a importarme? —Max se bebió hasta la última gota de su café y dejó la taza en la mesita de noche.

— Soy tu mujer. Tú un multimillonario hombre de negocios. Siempre he intentado ser la mujer que tú necesitas.

— Eres la mujer que necesito —le dijo, irritado ahora—. No me importa quiénes fueron o qué hicieron tus padres.

— Mi padre perdió la cabeza. Disparó a mi madre y luego se llevó el arma a la boca y se voló los sesos. ¿Crees que no se harán preguntas acerca de mi salud mental? ¿Si no estoy un poco loca? Resucito de entre los muertos; un pozo en mi memoria. Seguro que la gente juzgará conforme a mi pasado. —Y, por Dios, que odiaba la idea.

— No es tu historia, maldita sea —replicó Max, su mandíbula crispada al hablar—. Y cualquiera que te juzgue por lo que les pasó a tus padres no es alguien por quien tengamos que preocuparnos. Tú, Kade y Travis no estáis hechos del mismo molde.

— Siempre he intentado tener cuidado, no llamar la atención. Quería ser una buena esposa para ti, Max. Intenté cambiar. No sé qué sucedió. —Entendía lo que Max decía, pero la gente juzgaba, hablaba, y Max nunca había sido objeto de mala prensa. Lo respetaban como hombre de negocios. Su vida personal nunca fue arrastrada por el lodo porque nunca le dio nada que hablar a la prensa.

—¿Sentiste que tenías que cambiar por mí? —preguntó Max curioso, ya algo
más calmado.

— Sí. No. No lo sé. Quería ser perfecta. A veces metía la pata, hacía algo estúpido, sin pensar. —Honestamente, ahora que lo pensaba, se había transformado completamente para convertirse en la mujer que ella creía que Max deseaba—. Cada vez que me reprendías por algo intentaba quitarle importancia, pero me esforzaba por hacerlo mejor la próxima vez. ¡Eras tan jodidamente perfecto! —respondió francamente.

Max empezó con un ronquido y luego rodó en la cama. Su estruendosa risa hacía eco en las paredes de la enorme habitación.

— ¿Qué? —Mía apuró su taza de café y la dejó sobre la mesita. Sentándose, Max la cogió por los hombros.

— Cariño, estoy lejos de ser perfecto. ¿Te das cuenta de que cada uno de nosotros estaba intentando ser lo que creía que era el ideal del otro? Todo esto sería mucho más divertido si fuera menos doloroso —le dijo firmemente, todavía riéndose entre dientes. La acomodó entre las almohadas y se echó a su lado, un brazo alrededor de su cintura y el otro sujetándole la cabeza, mirándola con adoración.

— Dime qué hiciste *por mí*.

Max parecía tan cercano y tan sorprendido que decidió contárselo. Estaban empezando de nuevo, así que debería saber exactamente qué había hecho para intentar ser la esposa perfecta.

— Me depilé. Lo odiaba, pero lo sufría a gritos en el salón de belleza, acusando de sádica, para mis adentros, a la mujer que me hacía la depilación. Intenté cuidarme más. Me levantaba cada día y me arreglaba de pies a cabeza, aunque lo que quería era ponerme una camiseta, sin sujetador, y un par de pantalones cortos gastados y ponerme a trabajar. Hice dieta, intentando parecer más estilizada, sintiendo que me moría de hambre la mayor parte del tiempo. Dejé de decir palabrotas porque pensaba que te molestaban, aunque alguna estuvo a punto de escaparse alguna vez. Me crié con dos hermanos y tener cuidado con lo que decía era difícil. Y compré ropa porque se llevaba, no porque me gustara. Me mordía la lengua en las fiestas aunque no estuviera de acuerdo con lo que la gente decía. —Mordiéndose el labio superior, vio cómo la cara de Max rompía en una seductora sonrisa.

Max permaneció callado por un momento. Luego, le contestó.

— Uno: no me gustaba la depilación, pero si a ti te gustaba, no me importaba. Dos: no eras descuidada antes de conocerme, sino absolutamente adorable. Creo que me enamoré de ti en cuanto vertiste el café en mi traje favorito, que nunca pude limpiar. Pero te encontré a ti a cambio, así que no me importaba una mierda el traje. Tres: todo el maquillaje se fue al garete cuando te metiste en el agua anoche y tu pelo está enredado, como si estuvieras bien satisfecha. Y me dejas sin respiración. Me apunto a los pantalones cortos y no usar sujetador. Cuatro: no necesitas ninguna dieta. Tu figura es curva y preciosa. La mayor parte del tiempo, yo era quien luchaba por controlarse. Cinco: quiero que te pongas lo que te dé la gana y seas exactamente quien eres. Si algún gilipollas estirado te fastidia, dile que se vaya a la mierda. Seis: no me importa un pito si dices palabrotas u obscenidades. Especialmente si me las dices a mí. Pero te advierto que te follo donde quiera que estemos en el momento en que me las digas —le dijo ominosamente. Le retiró el pelo de la cara con delicadeza antes de continuar—. Me enamoré de ti, Mía. No necesito que seas otra, sino tú. Sentí la distancia que crecía entre los dos después de casarnos, pero pensé que era por mí. Estaba intentando con todas mis fuerzas ser el hombre sensible que pensaba que tú querías.

Mía tenía que admitirlo. Tenía curiosidad ahora.

— ¿Qué hiciste tú? Me hablaste de viajar para distanciarte. ¿Qué más?

— Muchas cosas, como afeitarme dos veces al día. Pero ausentarme era lo peor. Me mataba, pero sentía que necesitaba mantenerme a raya porque tú querías un marido sensato en lugar de un maníaco obsesionado con la mujer que ama. Para mí, tú siempre has sido perfecta y nunca podría ser merecedor de ti. Así que huía cada vez que tenía dificultades para contenerme —dijo, con voz grave y oscura—. No me educaron para mostrar mis sentimientos abiertamente y lo que sentía por ti no era normal para mí. Me aterraba que supieras cómo sentía, huirías como alma que lleva el diablo. Otra mujer lo haría …o debería.

— Yo no. Yo sentía lo mismo, Max. Siempre lo he sentido. Pero supongo que me convencí de que necesitabas la esposa perfecta e iba a tener que transigir o convertirme en esa imagen para no perder tu amor —admitió Mía, sintiéndose una vez más como dos mujeres en un solo cuerpo—. Tú eras un hombre de mundo, sofisticado y completamente en control. No quería asfixiarte con lo que sentía. Y sentía. Sentía demasiado.

Max se dio la vuelta y se puso encima, su cuerpo musculoso, ardiente, planeando sobre el de ella, sosteniendo su peso con los brazos.

— Asfíxiame, Mía. Déjame ahogarme en tu pasión y en tu deseo. Tócame. Lléname de tu risa. Eso es todo lo que siempre he querido, lo que he necesitado de ti. Sólo quiero estar a tu lado. —Su expresión parecía torturada, pero esperanzada—. Por favor —añadió con la voz enronquecida.

Mía cerró los ojos, el corazón saliéndose de su pecho, destrozada por la expresión en el rostro de Max. Su sensato, calmado, equilibrado marido quería ser amado. Amado de verdad. Él no quería la mujer perfecta. Sólo la quería a ella y a toda la locura que acompañaba un amor tan intenso que ninguno de los dos había sabido digerir.

— Creo que he crecido, Max. No estoy segura de qué me pasó, pero no quiero cambiar otra vez. Si crees que puedes lidiar conmigo, te daré todo el amor que tengo hasta que me pidas que te dé un respiro —le advirtió divertida—. Y te quiero mucho. ¿Puedes aguantarlo?

Su sonrisa se hizo más perversa mientras sus impresionantes ojos color miel recorrían el rostro de Mía.

— Sin duda.

*Mierda. Voy a querer comérmelo cada minuto del día si sigue mirándome así.*

Sus miradas se encontraron. Mía llevó la mano a la mandíbula áspera de Max y la acarició suavemente.

— Ámame así siempre. Es todo lo que siempre he querido — le rogó.

Max enterró la cara en su cabello.

— Así lo haré cariño. Te lo prometo —dijo con un gemido.

Mía suspiró y lo rodeó con los brazos, pasándole las manos por la espalda y la cintura, absorbiendo el embriagador aroma masculino del hombre que amaba.

En ese instante, todo era perfecto.

La mañana siguiente, Mía miraba a Max con una sonrisa desde el otro lado de la sala de espera del hospital. Kara estaba de parto desde las tres de la mañana y cada uno de los amigos y familiares de Simon se había personado por la mañana. Max y Helen Hudson, la madre de Sam y Simon, estaban consolando a Sam, intentando convencerlo de que cuando Maddie tuviera su bebé no lo iba a pasar tan mal. Maddie no era el médico de Kara, pero como amiga de ella había entrado en observación con el ginecólogo. Nadie había visto a Simon, ya que se negaba a abandonar a Kara, pero Maddie salía a dar periódicos informes.

— ¿Cuánto se puede tardar en tener un niño? Lleva de parto una eternidad. — Sam protestó lo suficientemente alto como para que Mía lo oyera desde el otro lado de la habitación.

El último informe de Maddie, hacía treinta minutos, fue que Kara estaba lista para empujar. También dijo que Simon juraba que nunca volvería a tocar a Kara. Maddie había dado esa noticia con una amago de carcajada, sabiendo que Simon olvidaría su promesa rápidamente.

— Es el primer bebé, Sam. Lleva tiempo —oyó Mía cómo le decía Helen a su hijo.

Mirando a la derecha, Mía sonrió levemente a Kade, sin saber muy bien por qué estaba allí, pero feliz de que estuviera. Había podido darle los resultados del análisis de ADN, que acababan de llegar del laboratorio.

—¿Me odias por haber tenido mis dudas? —preguntó Kade en voz baja, con solemnidad.

— Eres mi hermano y te quiero. Se me dio por muerta. Así que no, no te odio porque no me aceptaras inmediatamente. —Respondió con sinceridad, aunque había dolido un poco. Siempre había estado muy unida a sus hermanos y sabía que ellos siempre la habían protegido en gran parte de la locura de su padre. Kade era el hermano que la hacía reír y tener que probarse a sí misma ante él le había dolido, aunque lógicamente entendía por qué tuvo que hacerse así.

— Fui un cabrón. Sabía que eras tú desde el momento en que criticaste mi camisa y me llamaste por mi nombre en el parque, pero todo lo que podía pensar era qué sería de Max si algo no fuera bien. Estaba hecho un trapo, enana. Estaba vacío como una carcasa, como si no le importara vivir o morir. Honestamente, creo que no le importaba. No quería verlo sufrir más. —Kade terminó abruptamente, como si estuviera incómodo hablando del dolor de Max. O del suyo propio.

Mía le cogió la mano y se la apretó, feliz de que su hermano hubiera mirado por Max y de que los dos estuvieran más unidos. Le dirigió una falsa mirada de reproche.

— Tengo veintinueve años, casi treinta. ¿No crees que es hora de dejar de llamarme por ese mote de pequeña? —Dios, ¡cómo lo había odiado siempre! Cuando eran niños, ella había pedido a Dios que le diera un estirón para ser más alta que Kade y Travis y hacer que dejaran de meterse con ella con eso de crecer a lo ancho. Medía un metro sesenta, no increíblemente baja, pero sus hermanos eran casi treinta centímetros más altos que ella.

Kade sonrió y le guiño un ojo.

— No. Aún eres una pequeñaja.

— Y tú todavía usas unas camisas horribles —le recordó cariñosamente, indicando con la mirada la que llevaba puesta ese día.

Se imaginaba que había tenido en cuenta que venía al hospital. Hoy parecía casi normal, con una camiseta negra y unos vaqueros, acentuando su atractivo pelo rubio y sus ojos azules. Con razón las mujeres habían perdido el sentido por él en todos los cincuenta estados cuando fue jugador de fútbol profesional. Las mujeres eran fácilmente persuadidas de seguir al equipo, jurando lealtad al mismo sólo porque Kade jugaba en él. Su hermana se limitaba a poner los ojos en blanco, riéndose, cuando alguna chica que conocía quería, a su vez, conocer a su hermano. Kade nunca había sido muy mujeriego. Le había sido fiel a su novia de toda la vida y la malnacida le rompió el corazón.

Kade también le cogió la mano.

— Simplemente no quiero que pienses que no estoy feliz de que hayas vuelto. Lo estoy. Más de lo que puedo poner en palabras. Pero también me preocupaba Max.

Ella lo miró, encontrándose con unos ojos como los suyos.

— Me alegro. De verdad. —Extrañamente, estaba feliz. Si Kade había intentado proteger a Max, quería a su hermano aún más.

— Él te quiere, Mía. Me jode que ahora tengo que aguantar a estos tres comportándose como idiotas con sus mujeres, uno de ellos con mi hermana. —Kade indicó con la cabeza en dirección a Sam y Max. Mía sabía que incluía a Simon en el lote, aunque estuviera ausente.

— Lo superarás —respondió insolidaria, sabiendo que Kade simplemente no había encontrado la mujer para él. A ella nunca le gustó su ex-novia y, aunque no quería ver a su hermano con el corazón destrozado, no había sido la adecuada para él.

Mía observó a Max darle un golpe en la espalda a Sam y levantarse, cruzando la habitación para estar al lado de ella.

—¿De qué estáis hablando los dos? —preguntó Max, sin afectación, abriendo las piernas delante de él, desafiante, y mirándolos con precaución.

Mía se asustó, sabiendo que su desaparición había causado tensión entre su hermano y su marido.

—La enana se niega a sentir lástima por mí porque tengo que lidiar contigo, con Sam y con Simon perdiendo la cabeza por vuestras mujeres —dijo Kade lamentándose.

—Tú sigues en mi lista negra, colega —avisó Max, sin quitar los ojos de Kade—. Te ofrezco una tregua por la situación, pero todavía espero darte una buena a la primera oportunidad. Si dices algo que la disguste, haré que te arrepientas.

—¿Sí? Ya te gustaría —contraatacó Kade, sonriendo de un lado—. Puede que tenga una pierna defectuosa, pero aún puedo darte una paliza.

—Sin piedad por lo de tu pierna. No voy a caer tan fácilmente en la trampa —le advirtió Max—. Está cicatrizada.

—No esperaba que lo hicieras. Usa todas tus fuerzas. Pero ten una ambulancia a la espera cuando decidas venir por mí —replicó Kade amigablemente, como si estuviera hablando del tiempo en lugar de mandar a su amigo al hospital.

Mía casi sufre un tirón en el cuello mirando a uno y otro alternativamente, uno aparentemente despreocupado, el otro irritado.

—Los dos. Ya está bien —ordenó—. Estamos aquí por un motivo de celebración. —Se dirigió a su marido—. Kade estaba preocupado por ti. No le culpo por eso. Me alegro de que intentara protegerte porque te quiero. —Dirigiéndose a su hermano, le apuntó a la cara con el dedo—. Y tú, compórtate. Lo estás provocando deliberadamente. Y no es divertido.

Miró al frente, observando a Sam y Helen hablar pero sin poder oír claramente lo que decían. Podía percibir que tenía los ojos de lo dos hombres en ella y, finalmente, un brazo largo, musculoso se cruzó en su campo de visión.

— Démonos un beso y hagamos las paces, hombre. —Fue un comentario jocoso, pero en el tono de Kade había una cierta melancolía.

— Bueno. Ya me encargaré de ti en otro momento —concedió Max, extendiendo la mano para chocar la de Kade.

Mía se mordió los labios, preguntándose si, por estar en medio de los dos, el exceso de testosterona podría perjudicarla.

— Me alegro de que los dos os comportéis como adultos —comentó secamente.

— ¿Tengo elección? —preguntó Max, sentándose a su lado.

— No si quieres pasar un buen rato después. —Su comentario desinhibido escapó de sus labios antes de pensarlo.

— Cariño, por eso, me pongo de rodillas y hasta suplico.

Mía se estremeció. La respuesta, provocativa, evocó con precisión la noche anterior.

— ¡Yo me largo de aquí! Demasiada información. ¡Que es mi hermana! —dijo Kade levantándose—. Voy por café. ¿Alguien quiere algo?

— Café —dijeron ella y Max en perfecta sincronía. Se miraron y se rieron.

— Adicto —acusó Mía, todavía riendo.

— Por tu culpa —replicó él, sonriendo.

Lo cierto era que los dos eran adictos, siempre lo habían sido. Después de todo, se habían conocido en un café, los dos necesitados de una dosis.

Maddie entró en la sala de espera, resplandeciente de felicidad.

— Es preciosa. Tres kilos y medio y perfectamente sana —anunció, abrazando a su marido, que se había levantado en ese momento.

— ¿Kara está bien? —preguntó Sam preocupado.

— Está bien. Agotada, pero bien —respondió Maddie—. Si puedo sacarlo de ahí, le diré a Simon que traiga a la niña para que la veáis.

Mía se levantó,

— Estoy segura de que es un padre orgulloso —comentó risueña.

— Lo será. Ahora está algo desvaído. No pensé que iba a aguantar todo el parto. Kara estaba más serena que él —dijo Maddie divertida, dando un beso en la mejilla a su marido.

Todo el mundo estaba de pie y hablando a la vez, maravillándose del nacimiento de la primera nieta de Helen y la nueva sobrina de Sam. Max cogió a Mía de la mano, apretándola, para tenerla a su lado, protector. Con una palmada en la espalda a Sam, se dirigió a su amigo, bromeando.

— Luego te toca a ti, colega.

La sonrisa de Sam se apagó y su piel bronceada se tornó pálida al mirar el vientre de su esposa.

— No creo que pueda resistirlo —le dijo a Maddie, lleno de pavor.

— Tú no tienes que hacer nada. *Yo* tengo que hacerlo —respondió Maddie con calma—. Ya que todos estáis aquí, creo que lo podemos decir. Sam y yo estamos doblemente felices. Vamos a tener mellizos.

— ¡No! —Mía oyó a Max murmurar entre dientes. Estaba tan cerca que lo pudo oír. Le apretó la mano, advirtiéndole que no mostrara preocupación. Era obvio que Sam estaba ya lo suficientemente preocupado.

Sam se sentó, pálido, como si necesitara poner la cabeza sobre las piernas para no desmayarse. Por algo estaba tan preocupado por el parto. Mía sonrió a Maddie, cuya felicidad se le dibujaba en la mirada. Obviamente, su cuñada estaba radiante de felicidad. Rodeándola con los brazos, Mía le habló al oído.

— Enhorabuena, Maddie. Ayudaremos a los chicos a pasar el trago —dijo divertida, aunque no estaba segura de que no fuera del todo cierto.

— Sam apenas acaba de saberlo —admitió Maddie, devolviendo el abrazo—. Se hará poco a poco a la idea.

Las dos miraron a Sam, su rostro blanco como la cal.

— O no —dijeron a la vez, riendo, cuando Helen se sumó al abrazo femenino, dejando que los hombres sopesaran la tortura de dar a luz gemelos.

Mía y Max esperaron hasta que pudieron ver al bebé antes de irse, saliendo de la mano del hospital después de ver a la adorable hija de

Simon y completamente rodeada del servicio de seguridad de Max para mantener a la prensa a raya.

— Me encantaría tener un hijo contigo —dijo meditabunda.

— Cariño, no puedes decir algo así y esperar que no haga nada. Pensaba que querías esperar —dijo Max.

Mía se lo pensó un minuto antes de responder aunque sabía que estaba lista para tener un hijo con Max. De hecho, empezaba a sentir el dolor de no tenerlo ya.

— Sé que estábamos esperando antes de tener familia, pero …

— Estoy listo si tú lo estás. Creo que ya hemos esperado lo suficiente para empezar nuestra vida juntos —dijo él cálidamente, rodeándole la cintura con el brazo.

— Yo también —concurrió Mía, sorprendiéndose a sí misma de su respuesta. No había estado lista antes pero, de repente, no podía esperar más para ver una criatura concebida con amor crecer dentro de ella. Quizás sí había madurado de verdad.

Dos mujeres en un mismo cuerpo …otra vez.

Por alguna razón, le gustaba la mujer que era ahora.

— Cuando recupere la memoria, podemos hablarlo —dijo—. Necesitamos más tiempo después de todo lo ocurrido, pero podríamos empezar a prepararnos.

— Estaré encantado de hacer lo que sea necesario —respondió Max, su voz intensa y sensual, como si no pudiera esperar a desnudarla.

— Serás mi semental una vez que sepa lo que sucedió y que sepamos que todo va a ir bien, ¿de acuerdo? —preguntó coqueteando.

— Cariño, *soy* tu semental. El único que vas a necesitar. Y todo va a ir bien —bromeó arrogante.

— No tenemos que empezar inmediatamente, pero podrías practicar —lo retó, el calor acumulándose en sus muslos y radiando al exterior.

Habían usado el coche y el chófer de Max. La ayudó a entrar en la parte de atrás de la limusina, cerró el cristal opaco que los separaba del conductor y entró en el coche detrás de ella. Sonriéndole perversamente, oprimió un botón que abría un compartimento en ángulo, haciendo que los condones cayeran al suelo.

— ¿Tienes condones en el coche? Eso es estar preparado —dijo ella, riendo, mientras que él abría uno de los sobrecitos.

— Fui un buen *boy scout* —le informó, como si estuviera a punto de pecar.

El Max travieso era irresistiblemente seductor y ella se encontraba sin defensas frente a él. No es que le importara. Estaba más que dispuesta a dejarlo practicar, y él así lo hizo.

# Capítulo 6

Hacía 18 °C, pero Mía estaba sudando. Las gotas de humedad le caían del rostro, una detrás de otra, su cuerpo temblando mientras hacía lo que le ordenaron y miraba por la mira telescópica del rifle. Desvió la cara de golpe cuando vio la cabeza de su marido en el punto de mira, vulnerable.

— No, no le hagas daño. Haré lo que quieras, pero deja a mi familia en paz — imploró desesperada, luchando contra el abrazo de acero que la inmovilizaba.

El rifle bajó lentamente.

— Un disparo fácil. Podría acabar con él en menos de diez segundos y luego ir por tus hermanos también, antes de que nadie supiera nada. La seguridad de esta escoria millonaria no sirve para nada. —Oyó decir a la voz del maníaco que la retenía.

Podría. Mía sabía que era capaz. Danny Harvey siempre había sido un tirador infalible, increíblemente certero en dar en el blanco.

— No te saldrás con la tuya. La policía …

— No te va a servir de mucho una vez muertos. Y dudo que te presten mucha más atención antes de eso pase. Todo el mundo conoce lo locos que están los Harrison. Nunca me encontrarán —respondió venenosamente—. ¿Estás dispuesta a arriesgarte? No quieres a ninguno de ellos. Mía. No como me quieres a mí. Tú me quieres a mí. Te casaste con ese ricachón como un sustituto. Yo estoy aquí ahora. Colabora y podremos estar juntos otra vez —dijo, con una voz más pausada, como repitiendo una canción delirante.

Ella se encogió cuando su mano enorme, mugrienta, le tocó la cara.

— ¿Qué quieres Danny?

— A ti. Nos pertenecemos uno al otro. Siempre —le dijo secamente.

— Y mi dinero —añadió ella imitando su tono de voz. Danny no tendría ningún problema en echarle mano a su herencia ahora que ella la había recibido.

Agarrándola por un mechón de pelo, le golpeó la cabeza contra el árbol tras el que se había camuflado momentos antes.

— Eso es un beneficio secundario. Te quiero.

Eso no era amor. Nunca había sido amor. Era locura.

El golpe en la cabeza la hizo sentirse mareada, Mía movió la cabeza a un lado y otro, intentando aclarar la mente. Danny tenía razón, no podía arriesgarse. Y no lo haría. Tenía que encontrar la manera de mantenerlo alejado de su familia antes de que acabaran todos como sus padres. Danny era más peligroso que su padre y más mortífero.

*Es culpa mía. Traje a este hijo de puta a mi vida y ahora amenaza a todos los que me importan. Nunca debería haberme casado con Max. Debería haberme alejado de él. No se merece esto.*

Un par de labios fríos, babosos, la amordazaron y Mía intentó tragar la bilis que le subía por la garganta, forzándose a no resistirse. Sería pelear contra un demente y perdería. Necesitaba pensar. Si no, Max y sus hermanos podían morir. Concentrando sus pensamientos en Max, intentó bloquear todo lo demás hasta que Danny dejó de restregar su boca contra la de ella, haciéndole sangrar los labios.

— Se me ocurre un mejor uso para esa boca —dijo con su voz de lunático. La puso de rodillas y se bajó la cremallera de la bragueta. Su miembro repulsivo colgó delante de Mía—. Chúpamela. Sabes que te gusta.

Las lágrimas saltaron de sus ojos a la vista de aquel pedazo de carne. El ofensivo olor de un cuerpo y unas ropas sin lavar le provocó náuseas.

*No puedo hacerlo. No puedo hacerlo.*

Pero sólo pensar en Max, pensar que estaba a punto de subir a un avión y que esto lo salvaría, e hizo lo impensable. Hizo lo que el psicópata quería, bloqueando todo pensamiento excepto completar aquel acto degradante y dar a Max tiempo de despegar.

Oyó acelerar las revoluciones del motor del avión. Tuvo esperanzas cuando le vino una arcada e intentó separarse del cuerpo que tenía delante. Pero no se pudo mover, la fuerza con que le tenían la cabeza sujeta era implacable. Tuvo otra arcada cuando el avión se desplazaba por la pista de despegue. Y entonces devolvió, y por esa reacción involuntaria fue severamente castigada.

Mía se despertó necesitando aire, sentada en la cama, su mano en el estómago luchando contra la náusea, su cuerpo y las sábanas empapados de sudor.

Fue una pesadilla. Un sueño horrible.

Aun así, todavía jadeaba cuando se bajó de la cama y se tambaleó hasta el cuarto de baño, completamente desnuda. Cerró la puerta y encendió la luz, mirando la cara asustada que la miraba desde el espejo. Era ella, una persona a quien reconocía, ya no más dos mujeres en un mismo cuerpo, sino una mujer que había cambiado en los últimos pocos años. De repente, sabía quién era y todas las memorias que la habían eludido volvieron como un torrente que nublaba los sentidos.

Tiritando, abrió el agua de la ducha, dejándola calentarse antes de entrar, esperando que el calor pudiera aliviar el frío que le recorría la espalda tras haber recuperado la memoria. El miedo le subió la adrenalina, disponiendo su cuerpo para la lucha.

*Huye. Huye. Huye. No puedo estar aquí. Tengo que irme. Tengo que proteger a Max.*

Mía se echó jabón en las manos, abundantemente, queriendo quitarse los recuerdos del sueño. El dolor de saber que no podía seguir con Max la desgarraba. No podía seguir con él si realmente lo amaba. Y lo amaba. Tanto que la estaba haciendo pedazos. Casi como cumpliendo un deseo, Max apareció de repente detrás de ella, su brazo recorriendo posesivamente la cintura de Mía, su cuerpo sólido, musculoso, sujetándola.

— ¿Me echabas de menos? —preguntó con voz grave cerca del oído—. Deberías haberme despertado y traerme contigo.

Dios. A ella le gustaría llevarlo adonde quiera que fuese, no tener que separarse de él otra vez. Max era la otra mitad de su alma y la idea de estar separada de él era superior a sus fuerzas. Se volvió y le rodeó el cuello con sus brazos, apoyando la cabeza en los hombros, mientras lo apretaba contra ella, piel con piel. Quería grabar en la memoria cómo se sentía su contacto, absorber su aroma y guardarlo en el alma.

— Un mal sueño. Estaba sudando —murmuró, esperando que no hiciera demasiadas preguntas. No ahora.

— Entonces, definitivamente, deberías haberme despertado. Me encanta estar sudado contigo. —Tomándola por los hombros, la echó hacia atrás para mirarla a los ojos, empujando la barbilla con sus dedos fuertes.

— ¿Estás bien?

— Sí. Ahora sí estoy bien —mintió sin reflexión, queriendo llorar al ver preocupación en sus hermosos ojos.

*Necesito un recuerdo más. Algo bueno que reemplace lo malo.*

Con sus dedos aún enjabonados, recorrió el cuerpo de Max con las manos, lentamente, trazando cada músculo del pecho, bajando lentamente el sensual camino de vello que conducía a sus ingles. Sin vacilación, le cogió el pene y sofocó un suspiro, encontrándolo ya endurecido y listo. Lo quería dentro de ella, pero más que eso quería ahuyentar los fantasmas y sabía exactamente cómo hacerlo.

Llevando la mano a la nuca de Max, empujó sus labios para encontrarse con los de ella, desesperada por sentir sus bocas entrelazadas, por sentir su lengua abriéndose camino en sus labios, subiéndole la temperatura como nada más podría. Él respondió inmediatamente, llevó las manos a la cabeza de Mía mientras esta gemía dentro de su boca, ardiendo de necesidad después de sentir sus dedos pasar una y otra vez por su abultado miembro, burlándose, sin terminar de satisfacerlo. Mía se abrió a él, dejando que su boca saqueara la de ella, que dominara sus sentidos. Fue un beso de desesperación y necesidad, y ella se rindió a él, saboreando la posesividad de Max.

Finalmente, él echó hacia atrás la cabeza y separó sus labios de ella, dejándola casi sin aliento. Mía se dejó deslizar por su cuerpo hasta que estuvo de rodillas, en la misma postura que estaba en el sueño. Pero esto... Esto era real y él era Max. Y no había nada que quisiera más que darle placer. Dejó que el agua se llevara el jabón. Se aferró a sus glúteos con ambas manos y sustituyó los dedos juguetones con la boca, permitiendo que todos sus pensamientos se fueran por el desagüe, excepto los del hombre que amaba.

Max casi se corre en el momento que Mía se lo llevó a la boca, su atrevida sexualidad casi lo hace perder el sentido. ¡Dios bendito! La sensación de su lengua aterciopelada en el pene, el roce de sus labios, eran suficientes para hacerle perder la cabeza. Era la mujer más *sexy* que había conocido en su vida y era cada vez más desinhibida, lo que estaba llevándolo al borde del delirio.

*Mi mujer. Toda mía.*

Dando un golpe, apoyó una mano contra las paredes de la ducha para mantener el equilibrio, el agua caliente golpeándole el pecho mientras Mía trabajaba su pene con más entusiasmo que habilidad. Pero no importaba. Cada toque era exquisito, cada movimiento sensual.

— Mía, no voy a durar. —No. No podría. No iba a aguantar un minuto más sin sufrir un ataque al corazón.

Max abrió la mano sobre el pelo mojado de Mía, guiándole la cabeza sutilmente, y dejó escapar un gemido incontrolado. Mirando hacia abajo, se vio entre aquellos dos espléndidos labios. Y la visión de la mujer que amaba dándole placer, una y otra vez, le congestionaba los testículos hasta hacerlo insoportable.

*Sí. Sí. Sí.*

Sus ingles desprendían fuego. Se debatía entre pedirle que lo hiciera más rápidamente, más intensamente, o en levantarla y abrirse camino dentro de su cálido, acogedor, fuego. Tenía condones en un cajón del baño; podía ...

Mía gimió y Max miró, completamente hipnotizado, cómo se llevaba una mano al muslo y deslizaba sus dedos por sus labios vaginales, tocándose sin otro propósito que correrse con él. Era la cosa más erótica que Max había visto en su vida. Con los dedos de una mano jugaba con su entrepierna, mientras que con la otra mano acompañaba los movimientos de la boca, poniéndolo al límite de sus capacidades.

— Córrete conmigo, Mía —le pidió, a punto de que le estallara la cabeza, rechinando los dientes y echando la cabeza hacia atrás mientras que ella gemía sin interrupción contra su pene palpitante—. Córrete conmigo.

Su orgasmo fue desenfrenado y explosivo, su cuerpo entero se estremeció, acompañando su descarga con un prolongado gemido. Mía nunca separó la boca de él, agitada por su propio clímax.

Max la levantó y apoyó su cuerpo cimbreante contra el de él, rodeándola con los brazos, sabiendo que en ellos sostenía todo su mundo. Aclaró sus cuerpos en la ducha y lentamente cortó el agua. Después de secarse ambos, llevó a su mujer a la cama y se abrazó a ella, preguntándose cómo había tenido la suerte de tener una segunda oportunidad con la mujer que era todo para él. Se durmieron entrelazados, dos piezas que encajaban perfectamente. Max se durmió en un mundo de felicidad y dicha completas.

Cuando se despertó, por la mañana, Mía se había ido.

No le tomó mucho tiempo entrar en pánico. Al principio no le había preocupado que su mujer no estuviera en la cama. La preocupación comenzó cuando no pudo encontrarla por ningún rincón de la casa.

— ¡Mierda! —murmuró por lo bajo al abrir la puerta que daba a la playa— . Mía — gritó, sin recibir respuesta. No había señales de que hubiera salido. La puerta de atrás estaba cerrada, algo que no habría hecho si hubiera salido a la playa.

Cogió su teléfono y preguntó a su servicio de seguridad, pero no estaba con ellos y nadie la había visto salir de casa.

Colgó. Llamó a otro número, esperando impaciente a que respondiera.

— Mejor que sea importante a estas horas de la mañana —contestó la voz ronca, adormecida de Kade.

— Mía ha desaparecido —dijo Max irritado—. ¿Está ahí?

— ¿Aquí? No, no está aquí. Estaba durmiendo. ¿Qué ha pasado? —dijo Kade, más alerta ahora.

Max dejó escapar un suspiro desilusionado.

— No ha pasado nada. Simplemente no está aquí. Nadie la ha visto irse. No falta ninguno de los coches. —Permaneció inmóvil cuando entró en el comedor y vio el teléfono de Mía, las llaves y un pedazo de papel sobre la mesa de comedor—. Espera. He encontrado algo —le dijo a Kade, sosteniendo el teléfono entre el hombro y el oído mientras apartaba las llaves y cogía el papel. Sus ojos recorrieron lo escrito rápidamente.

*Max,*

*Finalmente he recuperado la memoria y lo recuerdo todo. Te dejé voluntariamente. No creía que nuestra relación fuese bien y pensé que era la hora de separarnos.*

*Te enviaré los papeles del divorcio tan pronto como pueda.*

*Mía*

— ¿Qué mierda es esta? —dijo violentamente al teléfono, tirando la nota sobre la mesa y agarrando el teléfono con la mano.

— ¿Qué? ¿Qué ha pasado? —preguntó Kade ansioso, completamente despierto ahora.

— Me ha dejado. A propósito. No quiere seguir casada conmigo —contestó Max, mecánicamente, incapaz de comprender lo que Mía había escrito mientras repetía a Kade el contenido de aquella breve e impersonal nota.

— Es una puta mentira —espetó Kade a través del teléfono—. Ella está enamorada de ti. Lo sabes bien.

— No puedo obligarla a quedarse si no quiere —contestó Max, sintiendo que el corazón se le quebraba como el cristal—. Nunca quiso estar conmigo. Simplemente no lo recordaba.

— Tú nunca perdiste la esperanza. Ni por un minuto. No abandones ahora. Algo pasa que desconocemos —argumentó Kade, sonando como si estuviera vistiéndose mientras hablaba.

— Nadie la obligó a escribir esa nota. Nadie la obliga a irse. Ha sido su deseo. Dos veces. Sin duda, recordó que no me quería —dijo Max, en voz baja, resignado. ¡A la mierda! Se había estado engañando todo el tiempo, pensando que ella lo amaba como él la amaba a ella. Obviamente, estaba equivocado.

— Max, tú la conoces. Mía no es así. Necesitamos saber qué está pasando —dijo Kade con urgencia.

Max se hundió en el sofá, con todo en lo que siempre había creído hecho añicos. En ese momento no sabía qué creer. Todo lo que sabía es que estaba destrozado, todo su mundo hecho girones.

— Lo cierto es que probablemente nunca la conocí de verdad — contestó, roto.

Colgó el teléfono y se quedó mirando fijamente a la pared de enfrente, intentando contener sus emociones, enterrarlas dentro de él hasta entumecer el alma. Sabía que si no lo hacía no podría sobrevivir.

# Capítulo 7

Kade Harrison entró en la oficina de su hermano Travis en la Harrison Corporation sin llamar, empujando la sólida puerta de roble con tal fuerza que, al abrirse, golpeó la pared con un estruendo. Ignorando el ruido, Kade se dirigió a su hermano, sentado al otro lado del escritorio, enterrado en una avalancha de papeles. Travis miró a Kade brevemente y volvió a su trabajo. No pareció inmutarse por el hecho de que su hermano casi tirara la imponente puerta de madera.

Kade no estaba sorprendido de encontrar a su hermano en la oficina, aunque era Sábado. Travis estaba siempre en la oficina. Estaba convencido de que su hermano tenía un apartamento escondido en el edificio donde dormía unas cuantas horas antes de regresar a la oficina otra vez.

— ¿Dónde está? —preguntó sin más, dejándose caer en la silla delante del escritorio.

Travis levantó de nuevo la vista, mirando el ceño de Kade.

— ¿Quién?

— Mía —siseó Kade impacientemente, mirando a su hermano a la cara. Eran mellizos, Travis apenas veinte minutos mayor que él. Compartían los mismos ojos azules, pero mientras que Kade era rubio como su madre y como Mía, el pelo de Travis era negro como ala de cuervo, con rasgos que recordaban a su padre—. No podría haberlo hecho sola. Y sólo hay una persona que yo conozca que puede hacer algo así. —¡Maldita sea! Estaba convencido de que Travis sabía algo. Mía era una mujer inteligente, pero tenía que tener un cómplice, alguien cercano a ella que la ayudara a desaparecer por más de dos años. Nadie puede ocultar sus propias huellas tan bien. Y nadie era tan extremadamente meticuloso y tan hábil como su hermano. Todo esto llevaba la firma de Travis—. ¿Dos desapariciones sin ninguna señal? ¿Dónde está, Travis? Esto está matando a Max.

Travis se echó hacia atrás en el sillón, entrelazando los dedos detrás de la nuca.

— ¿Qué quieres decir con dos? Ella ha vuelto.

— Se ha ido otra vez —dijo Kade categóricamente, sin perder de vista la expresión de Travis, convencido ahora de que no sabía nada. Esta vez. Los dos nunca estaban de acuerdo en nada, pero eran mellizos y se podían leer bien mutuamente. A veces, demasiado bien.

— ¡Mierda!. Yo la traje de vuelta. ¿Recuperó la memoria? —preguntó Travis, incorporándose y apoyándose en el escritorio.

— Eso parece. ¿Qué importa? —preguntó Kade curioso.

— Importa mucho. Es algo que necesitaba haberle dicho tan pronto como recuperara la memoria. Necesitaba haberle dicho que no huyera. Ya no tenía que hacerlo —dijo Travis enojado, aunque Kade pudo ver lo que había detrás. Miedo.

La mandíbula de Kade se contrajo.

— ¿Tú la ayudaste a desaparecer la primera vez?

— Sí.

— ¿Y no me dijiste que no estaba muerta? —Kade quería levantarse y darle una paliza hasta matarlo. Travis, su propio hermano, le había hecho creer que Mía estaba muerta—. ¿Por qué?

— Tenía problemas. Su propia vida peligraba, y la tuya, y la de Max. Si tener la boca cerrada era que lo que tenía que hacer para que nadie muriese, es lo que hice. —Travis dio un puñetazo en la mesa, haciendo que todo lo que había en ella se tambaleara—. ¿Crees que fue fácil para mí no decir nada, ver a todo el mundo sufrir? Al contrario de lo que puedas pensar, no me produce ninguna satisfacción verte a ti o a Max sufrir.

— No estuviste al lado de Max. No viste cuánto …

— Porque no podía —respondió Travis irritado.

Travis podía ser un hijo de puta calculador si se lo proponía, pero Kade sabía que quería a su familia. Aunque seguía enojado, tenía que saber lo que sucedió.

— Cuéntame todo. Desde el principio.

— Ahora no hay tiempo para eso. Te lo contaré después. Necesitamos encontrar a Mía. Tiene que estar asustada. No sabe que el hombre que amenazaba la vida de todos ya no es un problema. — Travis se levantó y agarró la chaqueta, poniéndosela con movimientos nerviosos. No era la persona calmada, en control de la situación, que solía ser.

— ¿Y eso por qué? —replicó Kade, levantándose para ponerse a la altura de su hermano.

— Está muerto —respondió Travis con la serenidad de un difunto—. Un desgraciado accidente.

— Tenías que haberme dicho todo esto. Eres mi hermano —dijo Kade con un tono hostil. El que Travis se guardara todo esto por tanto tiempo le daba deseos de estrangularlo. Travis siempre pensaba que sabía qué era lo mejor para todos. Se pasaba más tiempo intentando arreglar los problemas ajenos que los suyos.

Travis se dirigió a él con una mirada fría, intensa.

— ¿Por qué? ¿Qué podrías haber hecho? ¿Ir a buscarla pensando que la protegerías? ¿Decirle a Max que podía encontrarla?

— Probablemente. Mía no necesitaba hacer nada. Tenemos guardias de seguridad.

— Agentes que no pudieron protegerla de un psicópata —informó amargamente Travis a su hermano—. Así que adelante, dame hasta dejarme inconsciente por intentar proteger a nuestra hermana pequeña, por no querer verla degradada y abusada otra vez. Si tú o Max hubierais ido a buscarla nunca habría estado a salvo. Ódiame todo lo que quieras por asegurarme de que nadie corriera peligro —concluyó Travis, con la frialdad de un hombre que siempre había hecho lo que tenía que hacer, su ojos azules, glaciales y amenazadores, clavados en su hermano.

Kade se encogió. Odiaba que Travis lo desarmara con esa mirada siniestra y heladora.

— Supongo que tengo que oír lo que tengas que decir. Quiero saber qué sucedió. Me lo vas a contar mientras buscamos a Mía — gruñó Kade, anticipando que no le iba a gustar lo que su hermano tuviese que contarle. Por más que Travis fuera insoportable a veces, era la amalgama que mantenía la familia unida, el que resolvía los problemas, el que hacía el trabajo sucio cuando tenía que ser hecho.

Travis asintió con la cabeza y se dirigió hacia la puerta.

— Estoy seguro que sé dónde está. Tendremos tiempo de hablar. —Travis se detuvo en la puerta, mirando de arriba abajo el torso de Kade—. Esa debe ser la camisa más fea que te he visto. Enhorabuena. Has superado la verde vómito con ranas.

Kade sonrió.

— Sabía que te gustaría —dijo, siguiendo a Travis hasta el ascensor.

— ¿Vas a crecer algún día? —preguntó Travis con ternura mientras entraban en el ascensor.

— No, si lo puedo evitar.

La sonrisa de Kade se acentuó al ver la expresión contrariada de su hermano.

— Te vas a cambiar de camisa, ¿verdad? No voy contigo a ninguna parte si llevas eso puesto.

— Seguro. Sólo tenemos que pasar por casa una vez que hablemos con Max — respondió Kade impasible—. Puedo recoger alguna ropa si tenemos que pasar la noche fuera para buscar a Mía.

— De acuerdo.

Travis parecía aliviado. A Kade no le causaba ningún problema cambiarse de ropa. Tenía un ropero lleno de camisas parecidas que podía ponerse. A pesar de la urgencia de la situación, se rió disimuladamente mientras se cerraban las puertas del ascensor.

Algo más tarde, Mía llegaba al rancho de su abuela en Montana, agotada y deshecha, con el corazón a pedazos. Dos semanas antes, había ido a Tampa porque Travis había enviado a su equipo de seguridad a buscarla, diciéndole que tenía que volver a Florida. No había tenido ocasión de averiguar por qué se había puesto en contacto con ella y por qué quería que volviera. No había tenido contacto con él ni con nadie más desde que salió del estado, en dirección a Montana, hacía poco más de dos años. No hasta recientemente, cuando los volvió a ver, olvidándose que no había visto aquellos rostros tan queridos en todo ese tiempo.

Volver a Montana esta vez era muy diferente. Cuando fue allí a esconderse, a desaparecer, nadie había vivido en la casa desde hacía años. Hasta a Travis le tuvo que recordar que tenía una casa allí.

Esta vez no había llegado en secreto en el avión privado de Travis. Había ido en un vuelo regular, dejando un rastro que cualquiera podría seguir. Lo había hecho a propósito, para que no cupiese duda de que había salido de Tampa. La prensa había desvelado que no estaba muerta y necesitaba alejar el peligro de la gente que quería. De hecho, quería atraerlo hacia su persona, era lo mejor. Era mejor que Danny Harvey la encontrara a ella antes que alguno de sus seres queridos. Dejar que viniese por ella. Cuando supiera que estaba viva, la encontraría, pero era mejor estar lo más lejos posible de su familia. Ella sería el cebo, el señuelo que llevaría a Danny allí, lejos de Max y de sus hermanos.

*Aunque Danny no me mate, aunque haga alguna cosa y vaya a la cárcel, nunca podré volver con Max. Nunca lo pondré en peligro por algo tan estúpido que hice en el pasado.*

Mía salió del coche de alquiler, alumbrándose con la luz de la luna para llegar hasta la casa, la que había sido su hogar durante los últimos dos años. Buscando en la tierra de una maceta moribunda encontró la llave de la casa, se limpió las manos en los vaqueros y abrió la puerta. Encendió la luz, que de alguna manera la tranquilizó. Pensó que era una lástima que la luz no pudiera llegar a la penumbra de su corazón. La casa seguía igual: cómodos sillones de piel en el salón, la chimenea de piedra que aliviaba los fríos tardes de invierno de Montana y los muchos recuerdos de su abuela, que le había enseñado a hacer su primera joya allí mismo, en aquella casa. Sentía paz allí. Se encontraba a sí misma allí. Pero ahora sólo podía sentir la desesperanza que la embargaba. No había habido un momento en que no añorara a Max, pero después de haberlo visto otra vez el dolor de la separación era insoportable.

Dejando caer el bolso y la llave en el sofá, se fue a la cocina, comprobando el reloj para asegurarse de que no era demasiado tarde para llamar a sus vecinos, Maude y Harold. El rancho era pequeño para el estándar de Montana, un rancho de recreo, pero lo suficientemente grande para dejarla aislada. Maude y Harold cuidaban del rancho cuando no había nadie allí. Hasta hacía poco más de dos años, eso significaba siempre. Marcó el número, les explicó que había vuelto y que no tenían que ir todos los días para cuidar de los caballos. Era algo que ella disfrutaba, por otra parte, y la razón por la que sus manos estaban ásperas y descuidadas. Y la actividad en el rancho la había adelgazado de manera natural. Tras una breve charla con Maude colgó, agotada de pretender jovialidad al teléfono. Todo le costaba un gran esfuerzo y aparentar que todo iba bien era doloroso. Nada iba bien. Max estaba completamente fuera de su vida y sentía que había perdido algo de ella, una parte que nunca volvería a recuperar.

*Eres Mía Hamilton. No tienes que ser Mary Peterson nunca más.*

Había sido Mary Peterson para todos excepto Maude and Harold, que sabían exactamente quién era por sus visitas cuando era más joven, cuando pasaba allí los veranos con su abuela. Habían sido amigos de ella y no había manera de que pudiera engañarlos. A pesar de que habían pasado muchos años, la recordaban, pero le guardaron su secreto. Había unos cuantos más que la conocían, pero como Mary Peterson. Había vivido aislada en el rancho, yendo a Billings sólo a comprar, a vender sus joyas y a sus sesiones de terapia.

*No importa si todo el mundo sabe ahora quién soy. No guardo secretos ya. Intento atraer a Danny hasta aquí, lejos de mi familia.*

Aunque no pensaba ocultar su verdadera identidad, era improbable que alguien la reconociera. Sus vecinos estaban demasiado ocupados con sus ranchos como para leer los cotilleos sociales de Florida y ella siempre había estado en todo lo posible alejada de los medios. Cuando fuera a Billings a visitar a sus conocidos, ninguno sabría quién era o quiénes fueron sus padres si les dijera su verdadero nombre. Era algo que le encantaba de vivir allí. A la gente de allí ella les gustaba por quien era ella, no por cuánto dinero tenía o por quién era su familia.

Mía cruzó en salón hacia una de las habitaciones, que había convertido en taller. Como esperaba, la habitación era un caos, tal como la había dejado. Pero el desorden era organizado. Sabía dónde estaba cada gema, cada cuenta, cada pedazo de metal. Al carecer de las gemas y metales con los que normalmente trabajaba, Mía había empezado a hacer piezas inspiradas en los indios americanos y había encontrado su inspiración, como nunca lo había hecho creando joyería de lujo impersonal. Ahora, cada pieza estaba hecha con amor; cada anillo, cada brazalete, cada par de pendientes llevaban su sello personal. Milagrosamente, la originalidad de sus diseños había gustado y vendió lo suficiente para mantenerse, sin necesidad de tocar el dinero que Travis enviaba.

*Por eso miraba el precio de todo. No gastaba más de lo que debía. Quería hacerlo a mi manera y lo hice.*

La única vez que había usado el dinero que Travis enviaba fue para comprar una vieja camioneta, una necesidad cuando alguien vive tan lejos de la ciudad.

Deambulando sin rumbo, fue a su habitación. Sus ojos se dirigieron a la cómoda. *Sigue aquí.*

Sin pensar lo que hacía, fue hacia la cómoda, cogió su anillo de boda y se lo puso en el dedo. Ponérselo le traía dolor y tristeza en igual medida.

*No debí haberlo visto otra vez. Debería haber esperado a hablar con Travis y largarme.*

— Ahora me odiará realmente —pensó en voz alta, llena de angustia. Pero necesitaba hacerlo, necesitaba que la odiara y que no intentara buscarla.

Dios, lo había echado tanto de menos. No había habido un día desde que lo vio por última vez que no deseara verlo, que no sintiera que algo de ella se había perdido para siempre. Mientras que tuvo una laguna en su memoria no podía recordar lo que había sido vivir sin él. Ahora lo recordaba, y era intolerable. Su único consuelo había sido que su familia estaba a salvo.

Intentó quitarse el anillo, pero no pudo hacerlo. El peso de la alianza de platino y diamantes la reconfortaba. No era mucho, pero era algo. De vuelta a la cocina marcó el teléfono de la oficina de Travis, pero no respondió. Aparentemente, había cambiado los números en los últimos años y no sabía su número actual. Después de de marcar el teléfono de Kade le respondió el contestador. Colgó sin dejar mensaje. Kade raramente llevaba su móvil, un hábito que había adquirido de vivir en público por tanto tiempo, cuando el teléfono sonaba constantemente y no lo dejaba en paz a menos que lo desconectara o lo dejara en casa.

Su mano planeó sobre los números de teléfono, tentada de llamar a Max, sólo para decirle cuánto lo sentía, cuánto lo amaba.

— ¡No! —se dijo a sí misma bruscamente, poniendo el teléfono de vuelta en su plataforma—. No puedes llamarlo nunca más. Tienes que alejarte de él completamente. Eres un peligro para él.

Había tanto que Max no sabía, tanto que nunca le había dicho. ¿Qué pensaría de ella si supiera lo estúpida que había sido, cuánto la había dañado su pasado?

Dos mujeres en un solo cuerpo.

Ahora sabía exactamente por qué se sentía de esa manera. Sólo recordaba la mujer que había sido antes de hacer terapia, antes de saber cómo vivir con su pasado y de empezar a gustarle la mujer que había descubierto debajo de su disfuncionalidad.

Max se había enamorado de una ilusión, una mujer que se anularía a sí misma para complacerlo, fabricando una persona que no era real. Max no la conocía en realidad. Nunca la había conocido.

*Yo tampoco conocí a Max completamente, pero lo quería. Todavía lo quiero.*

Mía cerró de golpe la puerta a sus pensamientos. No quería pensar en la agonía de amarlo como lo hacía. Él no le había revelado antes a ella todo lo que sentía, pero no le ocultaba la clase de secretos que ella nunca le contó, los horribles capítulos de su pasado. ¿Qué pensaría de una mujer que había sido tan estúpida como para relacionarse con un hombre que no tenía conciencia ni reparos para matar a cualquiera que a ella le importase? Su padre había perdido la cabeza. Danny era un psicópata asesino.

Mía oyó un coche acercándose a la casa, las ruedas crujían sobre el polvo y la grava a medida que el coche avanzaba por el largo y serpenteante sendero. Su corazón empezó a martillearle en el pecho y corrió a la cocina para coger el teléfono. Le temblaban las manos. Aunque estaba dispuesta a sacrificarlo todo por Max y sus hermanos, y era lo que iba a hacer, no deseaba que llegara el momento de sufrir la consecuencia de sus acciones. Podría estar muerta mucho antes de que llegara la policía.

Encendiendo la luz del porche y mirando por la ventana al lado de la entrada, observó cómo un deportivo negro se detenía al lado de su coche de alquiler. Una figura salió del coche, una figura grande y alta. Incapaz de verle la cara, entrecerró los ojos para concentrarse en sus rasgos cuando entró en el círculo de luz que dibujaba la lámpara del porche. El hombre dio un traspiés, maldijo y siguió avanzando, toda su persona finalmente visible. Le fallaron las piernas a Mía, primero por el alivio, luego por el horror.

*Max. Dios mío. ¡No!*

Finalmente llegó a la puerta, dando tumbos, y desapareció de la vista. Mía aún podía oírlo mascullar mientras golpeaba la madera, llamándola.

— Abre la puerta, Mía. Sé que estás ahí.

Acercándose a la puerta con dificultad, la abrió de par en par.

Por primera vez en su vida, Max parecía sucio y desarreglado.

Por primera vez en su vida, Max parecía completamente bebido y alterado.

Y, por primera vez en su vida, Max no parecía contento de verla.

# Capítulo 8

E s una situación lamentable cuando uno necesita una buena dosis de alcohol para hacerle frente a su propia esposa. Max estaba bebido, y él lo sabía. Bueno, más o menos lo sabía, pero estaba intentando convencerse a sí mismo de que no lo estaba. Quizás sentarse al comienzo del sendero y darle tragos a la botella de whisky de garrafón que había comprado en Billings no fuese tan buena idea.

— Max, ¿has estado bebiendo? —preguntó Mía, perpleja.

Bingo. Que alguien le dé un premio a la mujer.

— He tomado unos cuantos —respondió Max, mintiendo como un bellaco. Habían sido más de unas cuantas. ¿Bastantes? ¿Muchas? Sí. Pensó que una de esas respuestas sería más apropiada.

No importaba. Tenerla enfrente de él, tan hermosa como siempre, vestida informalmente con unos vaqueros y una camiseta sin mangas roja, casi lo mata. Quizás el alcohol no le había ayudado a aliviar el dolor, porque le dolía el pecho sólo de mirarla. Ella parecía preocupada e inquieta, y cuando vio el miedo en sus hermosos ojos azules casi pierde los nervios. ¿Tenía miedo de él o de la confrontación? Parecía que prefería huir. Pero, claro, él lo había hecho también. Simplemente, no lo había hecho con otra mujer.

— Nunca bebes demasiado —murmuró ella, haciéndose a un lado y dejándolo pasar—. Y nunca bebes y conduces.

No. Normalmente no lo hacía. De hecho, nunca había estado realmente ebrio, lo que explica que estuviese teniendo tantos problemas para decidir si estaba o no intoxicado.

— No conduje mientras bebía, excepto al llegar a tu sendero, que, por cierto, está lleno de baches y agujeros. —Y en su estado, no habría esquivado ninguno de ellos.

Entró paseándose en el salón, intentando con todas sus fuerzas no caerse al suelo, cuando escuchó una risa ahogada.

— Estás completamente beodo, Max —le informó Mía, mirándolo con preocupación, pero sonriendo ligeramente—. ¿Cuánto has bebido?

— No lo sé —dijo honestamente. Porque realmente no recordaba cuántas veces había doblado el codo para beber de la botella. Quería lo justo para no sentir nada, para no reaccionar delante de Mía. Lo que pasaba es que no creía que hubiese suficiente alcohol en el mundo para eso.

— ¿Cómo sabías que estaba aquí? —preguntó con cautela.

— Tus hermanos. No estoy seguro, pero creo que maté a Travis —respondió alegremente. Estaba seguro de que Travis no estaba muerto, pero estaría dolorido y magullado, y sólo pensarlo lo ponía realmente contento.

— No has matado a mi hermano, y no deberías haberte liado a golpes con él. Sólo está intentando protegerme —le dijo con calma, las manos en la cadera mientras lo miraba—. ¿Es así como te has hecho ese corte encima del ojo? Estás sangrando.

Maldita sea. Travis había dado algunos golpes mientras intentaba protegerse. Pero en ese momento, Max no sentía ningún dolor

— ¿Si? Si crees que no estoy bien, tenías que verlo a él —gruñó Max, terriblemente ofendido porque Mía no hubiese tomado en serio lo de haber matado a su hermano—. Pelea como una mujer —añadió, mintiendo. Si Travis lo hubiera querido y Kade no hubiera detenido la pelea, a Max no le cabía duda de que los dos estarían en una sala de emergencia en ese momento—. El hijo de puta debería habérmelo dicho. Eres mi mujer, maldita sea. Tenía derecho a saber que me habías dejado por otro hombre.

Mía se le acercó y, por encima, le tocó las heridas de la cara.

— Oh, Max. ¿Qué te dijeron? Esa nos es …

— Quería odiarte. Debería odiarte. Pero, ¡qué mierda!, no puedo —dijo Max torpemente, odiándose por no poder mirarla y conjurar todo el rencor que debería tener por una mujer que lo había dejado desolado y con el corazón roto por más de dos años, haciendo que todo lo que había sentido, y todavía sentía, pareciese un chiste a sus expensas—. ¿Sabías que cuando pensaba que estabas muerta yo quería morir también? No quería vivir sin ti. —Max sabía que eran palabras de un borracho, un ejercicio de compasión por él mismo, pero no le importaba una mierda—. Estaba completamente obsesionado contigo, tan fuera de control que tenía que ausentarme para sujetarme las riendas. Y todo el puto tiempo, tú pensando en otro.

La agarró por la muñeca, empujándola con él sobre el sofá de piel, su cuerpo encima del de Mía. Podría estar borracho, pero al mirarla, no podía equivocar la angustiosa, atormentada expresión de sus ojos. ¿Sentía lástima por él? Esperaba que no. Lo último que quería era su lástima.

— No estoy segura qué es lo que te han contado mis hermanos, pero …

— Me dijeron que me dejaste por otro hombre. Me dijeron que habías estado escondida en el rancho de tu abuela en Montana. Todo este puto tiempo has estado viva y contenta en otro estado, viviendo felizmente tu vida mientras que yo me torturaba con la idea de que estarías muerta, de que nunca volvería a verte otra vez —gritó Max, tan colérico ahora que se había olvidado de sentir lástima por sí mismo. Ella nunca había sido su alma gemela. Todo entre los dos había sido una mentira—. ¿Por qué te casaste conmigo? No es que no tuvieras tu propio dinero —dijo con aspereza, indignado por haber sido un idiota que creyó en la belleza de sus ojos y en su dulzura—. ¿Y dónde mierda está el tipo ese? ¿También huiste de él?

Ella forcejeó debajo de él, intentando liberar los brazos del peso de su cuerpo.

— Me casé contigo porque te quería. No quería a nadie más.

Finalmente pudo mover los brazos y le sujetó la cabeza con ambas manos. Lo miró intensamente a los ojos. Max la miró, perdiéndose en las profundidades de sus tornasolados ojos azules que nunca habían dejado de hipnotizarlo. Y en ese momento, por un breve instante, quería tanto creer en ella, porque en ese momento ...nada tenía sentido. Su cabeza era un torbellino por el exceso de alcohol y todo lo que veía era los ojos intensos de Mía y sus labios tentadores, y besarla le parecía que era algo que tenía que hacer, necesitaba hacerlo, y a la mierda con todo. Agarrándole las muñecas, le sujetó los brazos por encima de la cabeza y ahogó un gemido cuando sintió sus senos turgentes contra el pecho. Arremetió enterrando la boca de Mía en la suya, bebiendo de ella como un hombre que se muere de sed. Ella se abrió a él inmediatamente, como si lo hubiese esperado ansiosa. Max se permitió darse el gusto, y si no hubiera estado bajo los efectos del alcohol estaría intoxicado por ella. Su sabor, su olor, su reacción, todo acerca de ella lo embrujaba, y nunca tenía bastante. Que Dios lo ayudara, estaba completamente perdido.

De repente, la sobriedad se impuso.

*Me traicionó. Está jugando conmigo. Y la estoy dejando hacerlo a sabiendas.*

— ¡Qué coño! —la expresión salió de sus labios con fuerza, separando sus labios de los de ella, enfadado con él mismo— ¿Qué coño estoy haciendo? Debo tener tendencias masoquistas ocultas.

Mía escapó de debajo de él, poniéndose de pie y dejándolo tumbado en el sofá sobre su estómago. Max empezó a ver puntitos blancos delante de él.

*O el sofá está dando vueltas o yo estoy realmente pasado.*

— Creo que necesitas un café —dijo ella con calma, alejándose camino de la cocina.

— Te necesito —balbuceó Max, con voz gruesa, sabiendo que ella no podía oírlo y sintiéndose más solo y abandonado que nunca en su vida.

El dolor le obligó a cerrar los ojos. Sólo podía pensar en las cosas que Kade y Travis le habían contado antes de salir a buscar a Mía.

Tuvo que irse …

Había un novio …

Estuvo en la casa de la abuela en Montana y creo que está allí ahora …

Nunca quiso hacerte daño …

Sí, yo la ayudé a desaparecer …

El último comentario había venido de Travis y Max no pudo contener el deseo de estrangular al hijo de puta. Con la conversación todavía zumbándole en su embrollado cerebro, se sumió en la oscuridad que amenazaba con consumirlo. Al menos, esto le daría un breve espacio de tiempo en el que no necesitaría pensar en nada.

Agradecido por este respiro, Max pronto perdió el sentido.

— ¿Max? —preguntó Mía tocándolo con la punta de los dedos, primero tentativamente; luego, al no responderle, más contundentemente. Poniendo la taza de café en la mesa, buscó la llave del coche en los bolsillos de Max y fue al deportivo que, aparentemente, había alquilado. Al abrir la puerta, inmediatamente vio una botella de whisky medio vacía en el asiento del conductor.

— No tanto como para matarlo, pero sí como para tener una seria resaca por la mañana —pensó en voz alta, sorprendida cuando algo se precipitó sobre ella. Un impacto súbito, como un proyectil, que casi la sienta en el suelo.

— ¡Tucker! —gritó con sorpresa, apartando sus pezuñas del pecho y abrazándolo cuando puso sus cuatro patas en el asiento delantero. El animal la miró con reproche, pero le lamió la mano cuando ella le rascó el lomo; todo su cuerpo temblando de gusto.

Una vez que el can tuvo su dosis de afecto, saltó del coche y olfateó el terreno para hacer sus necesidades, actuando como si no estuviese seguro de gustarle su nuevo ambiente.

— Vamos —le dijo Mía con afecto, llevándolo a la casa y cerrando la puerta detrás de ellos.

Tucker se dirigió inmediatamente al cuerpo boca abajo de Max. Lo olió primero y luego se colocó en el suelo al lado del sofá, lanzando a Mía una mirada de admonición.

— Está borracho. No es mi culpa. Yo no estaba con él. ¿Por qué no lo paraste tú? —dijo ella en su defensa. Luego, se rio por tener una conversación con su perro y acusarlo de negligencia.

Mía cogió la taza de café que había preparado para Max y se sentó en una mecedora, preguntándose por qué Max había traído a Tucker con él. Para un hombre que insistía en que él y su perro no se gustaban, verdaderamente parecía que había hecho buenas migas con él. Bebió un sorbo de café caliente, observando a Max dormido, sus cejas juntas como si estuviera frunciendo el ceño mientras dormía. Desde que lo conocía, nunca había visto a Max tomar más de una copa. Nunca hacía nada en exceso, y eso incluía no beber más de lo que podía tolerar. ¿Qué le había hecho beber tanto?

*Quizás pensó que lo necesitaba para poder mirarme a la cara.*

Mía se encogió, sabiendo que ella era la razón por el repentino exceso de Max. ¿Por qué si no tendría que beberse tal cantidad de whisky barato al entrar en el sendero hasta la casa?

— Me odia, Tucker —le susurró al perro, recibiendo como respuesta un giro de su cabeza a un lado—. Y cree que había otro hombre.

Quizás era mejor que Max creyera que lo había traicionado, de esa manera la odiaría completamente, pero no dejaba de preguntarse qué le habrían contado sus hermanos. Había intentado llamar a la oficina de Travis y al móvil de Kade mientras hacía el café. Seguían sin responder.

*Quiero odiarte, pero no puedo.*

Las palabras de Max se repetían una y otra vez en su cabeza, pero sabía que era el alcohol el que hablaba. Cada palabra, cada reacción desde que entró por la puerta eran fruto de la intoxicación. Nada de lo que dijo o hizo podía tomarlo en serio. Pero, aquel beso …

— Mía —gritó Max, dándose completamente la vuelta en el sofá, agitándose como si estuviera luchando contra demonios en su sueño—. Vuelve —murmuró con voz ronca, desesperada.

Mía dejó el café sobre la mesa al lado del sillón, se acercó al sofá y se arrodilló.

— ¿Max? —dijo, acariciando las heridas de la cara suavemente.

Max se contrajo de dolor cuando le pasó la mano por los moretones y las manchas amarillentas debajo de los ojos. Mía empujó a Tucker, haciéndolo moverse a regañadientes, para ocupar su lugar.

— Mía —volvió a decir Max, su voz más desesperada por momentos.

— Despierta, Max. Estás soñando —dijo ella en voz alta, con firmeza.

Él se sentó, entreabriendo los ojos, parpadeando como si la luz le dañara la vista. Miró alrededor de la habitación, para terminar en la cara de Mía.

— Estás aquí —dijo, tranquilizado.

Mía se puso de pie.

— Estoy aquí —contestó, extendiendo la mano hacia él.

Sabía que Max estaba completamente ebrio, había una pátina sobre sus ojos, pero aun así le dio un vuelco el corazón cuando la cogió de la mano sin pensárselo, como si confiara en ella plenamente.

—¿Adónde vamos? —balbuceó mientras se ponía precariamente de pie.

— Te voy a llevar a la cama —respondió imperativa, decidida a que durmiera en un sitio más cómodo.

Max sonrió con apetito.

— No voy a presentar batalla —contestó feliz, sus dedos acariciando el anillo que ella llevaba en la mano—. Llevas el anillo. Lo encontraste.

Mía no quería decirle que nunca lo había perdido. Que lo había dejado atrás, no sabiendo qué es lo que Travis quería cuando mandó a sus hombres a buscarla, porque quería pasar completamente desapercibida. Max Hamilton no era la clase de hombre que hacía las cosas a medias y le compró un magnífico anillo con los suficientes quilates para cegar a alguien. Llamaba la atención. A regañadientes, pero intencionalmente, lo dejó en la casa.

— Sí. Me encanta —respondió con sinceridad, queriendo decirle que raramente se lo quitó durante el tiempo que habían estado separados. Pero no lo hizo. Lo ayudó a levantarse y lo llevó a su dormitorio.

Al llegar al lado de la cama, se sonrió al ver cómo Max se tambaleaba, sonriendo con un gesto torcido que nunca había visto en él. Como un niño travieso. Tan deseable. Pero estaba borracho. De ninguna manera iba a aprovecharse de la situación, por no mencionar el hecho de que, en su estado, probablemente no se le levantaría.

Le levantó los brazos y tiró de la camiseta, sin poder ignorar sus poderosos bíceps mientras se la sacaba por la cabeza. Contuvo la respiración cuando el pecho musculoso y el dibujado abdomen de Max quedaron al descubierto. Dejó caer la camiseta al suelo. Se le secó la boca e intentó desesperadamente no mirar a ninguna parte excepto a su cara mientras buscaba a tientas el botón metálico de sus pantalones vaqueros.

*Necesito tratarlo como a un niño que necesita mi ayuda. Él no puede pensar con claridad ahora.*

Lo intentó. Realmente lo intentó. Pero, definitivamente, él no era un niño y mientras sus dedos se veían en dificultades para bajar la cremallera de la abultada bragueta, Max sonreía.

— ¿Algún problema, cariño? —preguntó, su voz apasionada arrastrando las palabras.

— Quítate los pantalones —ordenó Mía, dando un paso atrás.

Max deslizó una mano por su abdomen lenta, sensualmente.

— Me gusta más cuando lo haces tú —balbuceó con voz grave, sensual, que casi la hacen saltar sobre él, borracho o no.

Max se desabrochó el botón y se bajó lentamente la cremallera. ¡Y ella que pensaba que no se le levantaría en sus condiciones! Empezó a bajarse los pantalones, quitándose los calzoncillos a la vez. Ella los sujetó por la cinturilla elástica, deteniéndolos a la altura de la cadera, mientras él seguía bajándose los pantalones.

— Fuera, fuera —insistió Max, tirándose de la ropa interior roja con listas negras.

— No, puestos —exigió ella. Ni hablar. No iba a poder resistirse. Hasta en su estado actual, Max era un amasijo de hombre que despertaba pasiones.

Lo empujó con fuerza hacia atrás, haciéndole perder el equilibrio, para que cayera en la cama. Él se recolocó, arrastrándose hasta la cabecera y recostándose en la almohada.

— Me siento solo —se quejó, dando golpecitos a su lado en la cama.

Oh, no. Por supuesto que no. Ella no se iba a meter en la cama con él.

— Te quiero —dijo seductor—. Ven aquí, a mi lado. Te echo de menos.

Esa nota de vulnerabilidad, el hecho de que estuviera dándose abiertamente a ella después de haberlo herido, la desarmó por completo. Las lágrimas empezaron a correr por sus mejillas mirando a su marido, el hombre del que se había enamorado irremediablemente, pedirle nada más que su presencia. Sí, seguro. Estaba atontado, pero su aspecto era tan indefenso, tan desprotegido en ese momento que le rompía el corazón verlo.

Mentalmente, intentó hacer una lista de las cosas que tenía que hacer para arreglar la situación, pero no le sirvió de nada. Max la llamaba y, en ese momento, la necesitaba, y ella no podía negárselo.

*Me odiará mañana. Probablemente vino a hablar del divorcio y cómo hacerlo lo más rápidamente posible. Necesitaba unas cuantas dosis de alcohol para poder tener esta conversación conmigo. Ahora está hecho un desastre.*

Tenía todas las razones para ignorarlo, pero no podía. Podría ser la última vez que lo tocara y la tentación era demasiado grande para ignorarla. Se quitó la zapatillas de deporte, subió a la cama y se acurrucó a su lado, suspirando cuando sus dedos se encontraron con la cálida piel de Max.

— Yo también te quiero —confesó, sabiendo que posiblemente él no recordaría nada de esto y pensando que era mejor si no lo hacía. Pero las palabras se escaparon de sus labios involuntariamente. Necesitaba decírselo sólo una vez más.

Sus tibios brazos protectores la rodearon y ella apoyó la cabeza en los hombros de Max, permitiéndose a sí misma ese momento, un momento robado, para disfrutar la sensación que sentía cuando estaba con él. Su relación nunca había sido fácil. Más que vagamente contenciosa, había sido, para ella, una incesante tumultuosa relación. Quizás si hubieran estado casados por muchos años, por décadas, sus emociones se habrían asentado, pero lo dudaba. No le había dado a Max su corazón; él se lo había robado. Había saltado de su pecho al de él el momento en que lo vio primera vez.

Un amor de locura.

La tensión en los brazos de Max había desaparecido, pero no la dejaba ir, incluso dormido. Mía se acomodó en el escudo de su cuerpo, intentando guardar todo de él en su alma. Intentando grabar en la memoria cada sensación compartida.

La podía odiar mañana. Para entonces, ella se habría ido.

Capítulo 9

—¡**M**ax! ¿Dónde coño está mi hermana?

La atronadora voz masculina sacó a Max de su sueño, haciéndolo sentarse súbitamente en la cama para, acto seguido, dejar caer la cabeza sobre la almohada. Dios. El estómago le dio una sacudida y tragó saliva, en un intento de detener las palpitaciones que sentía en la cabeza. Era como si un martillo pilón le estuviera machacando el cráneo. Parpadeó antes de poder abrir los ojos y enfocar la imagen de los dos hombres con aspecto airado. Con la imagen aún borrosa, le llevó algún tiempo identificar a Kade y Travis. Levantó una mano, débilmente.

—No grites. Mi cabeza está a punto de estallar.

Hizo una mueca de dolor. Su propia voz exacerbaba el punzante dolor de cabeza.

—Nadie estaba gritando —puntualizó Kade, disimulando su risa—. Por amor de Dios, has debido beber sin sentido.

—Café y aspirina —dijo Travis tranquilamente, dándose la vuelta y saliendo de la habitación.

—Estás de pena, tío. ¿Qué coño ha pasado? ¿Dónde está Mía? —preguntó Kade con curiosidad.

Max cerró los ojos, viendo escenas aisladas de la noche pasada. ¿Eran reales o imaginarias? No tenía ni puta idea. Todo lo que sabía es que había venido a Montana como un perro rabioso para ver a una mujer que no tenía ningún deseo de verlo a él.

— ¿Se ha ido? —balbuceó mientras intentaba incorporarse, recordando vagamente cómo había llegado a la cama de Mía o cómo había conseguido acostarlo. Más le valía estar en la casa. Estaba cansado de ir detrás de una mujer que huía constantemente de él. ¿En qué estaría pensando?

Lo cierto era que no estaba pensado. Lo movían la ira y la adrenalina. Cuando finalmente llegó a la casa de Mía en Montana se preguntó si estaba bien de la cabeza. Estuvo a punto de volverse, pero después de darle unos tragos a aquel whisky de mierda, decidió que tenían que hablar. De lo que tuvieran que hablar, no tenía ni idea.

— Bueno, no está aquí. Y la que me imagino es su camioneta sigue afuera — contestó Kade, mirándolo contrariado.

Max recordó ver un coche aparcado junto a la vieja camioneta

— Tenía un coche de alquiler. Debió recogerlo en el aeropuerto.

— Entonces, se ha ido —dijo Kade, frustrado—. Maldita sea.

— Me mantendré lejos de ella. Quizás deje de huir —dijo Max con resignación. Mía no parecía hacer otra cosa que huir de él. Necesitaba dejar de ir detrás de ella. Era inútil, de todas maneras.

— Ella no huye de ti. Ella está asustada —replicó Kade irritado.

— ¿De qué? —preguntó Max perplejo. Se bajó de la cama, mirando a Kade con incredulidad.

— Una larga historia que necesitas oír. Dúchate, por amor de Dios. Hueles como una destilería. ¿Desde cuándo te emborrachas? —Kade se hizo a un lado, agitando la mano delante de la nariz, ilustrando lo que decía.

— Desde que tu hermana decidió dejarme otra vez por otro hombre —respondió fríamente Max. La irritación y lo que debía ser una tremenda resaca estaban poniendo a prueba su paciencia.

— Aclaremos una cosa —gritó Kade—. Mi hermana te adora. No tengo ni idea de por qué. Personalmente, creo que eres un gilipollas desde que te levantas hasta que te acuestas, pero ella, obviamente, eso no lo ve. No te dejó por otro hombre. Te dejó por un hombre. Hay una gran diferencia. Si te hubieras esperado a oír lo que Travis tenía que decirte en lugar de intentar acabar con él, ahora sabrías la verdad. Dúchate y luego hablamos en el salón antes de que me pongas nervioso y te dé en la otra mejilla.

Max raramente había visto a Kade enfadado. La mirada fuera de sí de su cuñado lo cogía por sorpresa. Vio cómo Kade se daba la vuelta y salía del dormitorio, dejándolo a solas con sus pensamientos y su resaca. Encontró el baño adyacente. Mientras se duchaba rumiaba las palabras de Kade. ¿Qué querría decir? ¿De quién tenía miedo Mía? ¿Y por qué? Sintiéndose humano de nuevo, fue al salón. Llevaba la misma camiseta del día anterior. Había tenido tiempo de meter unas pocas cosas en una bolsa de viaje, pero estaba en el coche.

Kade salió de la cocina, con dos tazas de café. En silencio le pasó una a Max, junto con una aspirina, que se tomó inmediatamente. Luego, empezó a beberse el café. Travis estaba ya sentado en uno de los sillones, leyendo el periódico con una taza de café en la mano y Tucker sentado a sus pies.

— Traidor —murmuró Max al perro, satisfecho de ver que Travis parecía tan machacado como él mismo.

Se sentó en el sofá, bebiendo café a grandes sorbos, en silencio. Tucker lo miró como disculpándose y fue a sentarse a sus pies. Travis dejó el periódico y lo puso a un lado, Kade se dejó caer en el otro sillón; los dos mirando a Max con expresión hostil.

— No sé adónde ha ido. Me emborraché y hablamos. Estaba aquí cuando me fui a dormir —dijo llanamente—. No sé por qué se ha ido o adónde. Se fue. Otra vez. Parece que es algo que Mía hace bien. Me imagino que no hay ninguna nota esta vez.

— Nada. ¿Qué recuerdas? —preguntó Kade, algo más relajada su expresión, pero contrariado.

— No mucho —contestó sincero—. Recuerdo que estaba aquí cuando me fui a dormir. Tengo algunas lagunas en la memoria. No estoy seguro qué es real y qué es imaginado. —Y lo odiaba. ¡Por alguna razón no se había emborrachado nunca!

— Bienvenido al día después, Don Perfecto —dijo Kade irónicamente—. Cómo me hubiera gustado estar aquí para verlo. ¿El siempre sereno Sr. Hamilton con muchas copas de más? Habría dado cualquier cosa por no perdérmelo.

— No habrá repetición. Fue función única —protestó Max, jurando que no se volvería a emborrachar más. La resaca no merecía la pena. Sentía como si alguna criatura mitológica de dientes afilados lo hubiera masticado y escupido al suelo—. Hablemos de Mía. —Tenía la mente en una cosa solamente, su caprichosa esposa—. ¿Está en peligro?

— Tengo un equipo de detectives buscándole la pista mientras hablamos. Pronto deberíamos saber dónde está. Sin duda, se volvió al aeropuerto. Es donde alquiló el coche y no hay muchos medios de transporte para salir de aquí. —Travis habló por primera vez. Su voz, modulada y contenida, hablando como si estuviera en una reunión de negocios. Lo único que hablaba por él eran sus ojos; su habitual mirada glacial expresaba una emoción no contenida—. Para abreviar, Mía tuvo una mala relación cuando estaba en la universidad. El hijo de puta acabó en la cárcel y pensábamos que ese sería el fin de la historia. Salió de la cárcel poco antes de que Mía desapareciera por primera vez y amenazó con matarte a ti, a Kade y a mí si no volvía con él. Tenía miedo y yo la ayudé. Es mi hermana. Su seguridad es mi primera preocupación.

— Era mi mujer. ¿Por qué no me lo dijiste? Yo la hubiera protegido —respondió Max airado, listo para golpearlo otra vez.

— Tú no estabas. De hecho, Danny tenía a Mía secuestrada cuando tu avión estaba para salir. A ti te tenía en el punto de mira y listo para volarte los sesos. Tu mujer te salvó la vida —le informó Travis—. Danny Harvey era un criminal, completamente loco y dispuesto a hacer lo que fuera para recuperar a Mía. Era un tirador preciso que podía dar en la diana desde lejos. Ganó muchas competiciones cuando era joven. Casi nunca fallaba.

— ¿Por qué estuvo Mía con él? No podía haberse enamorado de alguien así —preguntó Max.

Fue Kade quien le respondió esta vez.

— Ella tenía veintiún años, con un padre alcohólico y completamente desequilibrado. Le pegaba a su mujer y a sus hijos, repetidamente. Mía sufrió la dominación de mi padre. Todos sufrimos. ¿Crees que ella sabía lo que era estar enamorada? — Kade se echó hacia delante, lo puños apretados—. Tú no estabas. Yo no estaba. Y Travis era el único a quien ella podía recurrir. Yo también me puse furioso cuando supe que Travis era quien la había ocultado. Pero yo habría hecho lo mismo si eso significaba que Mía estaría a salvo.

— Tenías que habérmelo dicho. Pensé que había muerto. —Max no parecía del todo convencido. Era su mujer, ¡maldita sea!—. Todo ese tiempo, lloré por ella.

— No fue un paseo para ella tampoco. ¿Crees que ella quería irse? Le horrorizaba pensar que él podía matarte. Huyó para que estuvieras a salvo. Le importaba una mierda lo que le pasara a ella. Puedo atestiguarlo porque vi la forma en que él había jugado con ella. —La voz de Travis sonaba ahora acalorada—. En la universidad y antes de que desapareciera.

— ¿Lo sabías ya cuándo Mía estaba en la universidad? —preguntó Max con resentimiento.

— No inmediatamente. Ella se fue a Virginia para ir a la universidad. Mi padre quería que estudiase administración de empresas en Florida, pero eso no era lo que ella quería. La abuela diseñaba joyas y eso es lo que ella quería hacer. Mía tenía esta casa y un fondo fiduciario como herencia, pero no podía disponer de ninguno de los dos todavía. Tuvo que endeudarse para pagarse los estudios en Virginia, donde podía estudiar Bellas Artes y convertirse en diseñadora de joyas. —Travis respiró profundamente, deteniéndose un momento antes de continuar—. Kade y yo estábamos también estudiando, pero una vez que yo terminé mi carrera y empecé a trabajar decidí hacerle una visita sorpresa a Mía. El que se llevó una sorpresa fui yo cuando vi lo que le pasaba. —La voz de Travis se quebró, una pequeña muesca en su escudo protector.

— ¿Qué pasaba? —preguntó Max estoico, no seguro del todo de que lo quería saber. Pero necesitaba oírlo—. ¿Le hizo daño?

— Y mucho —confesó Travis—. Justo antes de visitarla. Pero a pesar de todo, seguía trabajando por horas y sacando excelentes notas. Estaba a punto de entrar en un máster y él estaba intentando convencerla de que no lo hiciera, con los puños. No quería que acumulara más deuda estudiantil. El hijo de puta quería que quedara bastante del fondo de Mía cuando le pusiera las manos encima.

— Cabrón —explotó Max, queriendo matar a aquel fulano. ¿Cómo podía alguien hacerle daño a Mía?— ¿Cómo se deshizo de él?

— No tuvo que hacerlo. Fue a la cárcel. Creo que ella había intentado terminar la relación antes, pero la tenía acorralada —respondió Travis, dejando la taza de café sobre la mesa. Se recostó sobre la silla y cruzó las manos delante de la cara.

— ¿De qué lo acusaban? —preguntó Max, entrecerrando los ojos, intentando leer si había algo que Travis ocultaba.

— Asalto con agresión. Mal asunto —dijo Travis sin expresión en la cara.

— Fue cosa tuya —adivinó Max, convencido de que Travis fue quien puso a aquel cabrón en la cárcel.

— Fui a hablar con él. Digamos que me aseguré de que hubiera testigos.

— ¿Lo sabía Mía?

Max estaba fuera de sí. Imágenes de Mía dolida, Mía llorando, Mía sangrando, se apilaban en su imaginación.

— No —respondió Travis—. Ella tenía sus estudios y un trabajo de los que preocuparse. Todo lo que sabía es que él estaba en la cárcel y que ella estaba a salvo. Era todo lo que necesitaba saber.

Max apenas notó que Kade se había levantado y cogido la taza vacía de sus manos. La dejó ir, sus dedos temblando de ira cuando soltó el asa.

— ¿Y la última vez? —carraspeó Max, mirando a Travis con ojos agraviados.

— La sorprendió cuando Mía dejaba el coche en un aparcamiento. Había despedido a los guardias de seguridad diciéndoles que iba a estar con Kade y conmigo y que teníamos nuestros propios guardias. Les dijo que se tomaran algún tiempo libre porque no quería que la siguieran por toda la ciudad haciendo recados. Danny la tuvo en su coche antes de que se diera cuenta de lo que había pasado. Fue la misma mañana de tu viaje y él la llevó a un área próxima a tu avión. La obligó a ver lo fácilmente que podría matarte —explicó Travis, cogiendo la taza de café de la mesa y dándole un sorbo. Frunció el ceño contrariado al ver que el café se le había enfriado y continuó—. Es una mujer inteligente. Le dijo que se iría con él, le dijo todo lo que él quería oír, pero le dijo que necesitaba un día para hacerse cargo de algunas cosas. Finalmente lo convenció para que la dejara ir alegando que tenía que arreglarlo todo para recibir el dinero de su herencia. De alguna manera lo convenció para que se encontrara con ella la mañana siguiente, haciéndole creer que quería ir con él. No creo que ni siquiera quisiese decírmelo a mí, pero me pidió ayuda y no iba a negársela. Preparamos todo en la playa, esperando que la dieran por muerta, y yo la saqué de Tampa tan pronto como pude. Quería decírtelo, Max. Y quería que Kade supiera que estaba viva. Pero no estaba seguro de cómo ninguno de los dos iba a reaccionar. No podía arriesgarme a dejar ninguna huella de Mía. Ese hombre era un psicópata, quizás mucho más tarado que mi padre y cien veces más peligroso. Quería que ella estuviera segura y necesitaba tiempo para localizarlo a él. Nunca pensé que tardaría más de dos años en encontrar a ese hijo de puta —se quejó Travis.

— ¿Y la policía? —preguntó Max, seguro ya de saber la respuesta. Había tenido que lidiar con la policía en el caso de Mía y dudaba que él hubiera querido dar a Danny todo ese tiempo para retener a Mía.

Kade volvió al salón. Le dio a Max una taza de café mientras le contestaba.

— Nuestro padre estaba mal de la cabeza. Ni te imaginas la cantidad de veces que la policía estuvo en casa por violencia doméstica, normalmente avisada por los vecinos. La familia Harrison era célebre, para mal. ¿Crees que la habrían tomado en serio? Habrían hecho su trabajo, pero habrían alertado a Danny y este, probablemente, no hubiera desistido de ninguna manera. No hay mucho que la policía pueda hacer contra los acosadores.

— ¡Pero la atacó físicamente! —argumentó Max, pronunciando estas palabras con dificultad.

— No había testigos. Ninguna prueba de que él fuera culpable. No habrían tenido ninguna evidencia para arrestarlo inmediatamente. ¿Crees que podríamos estar seguros de que ella estaría a salvo? — Travis arrastró sus palabras amargamente—. Lo siento Max, pero no iba a correr ese riesgo con mi hermana menor o con Kade. Ella tenía que desaparecer por algún tiempo hasta que yo pudiera encontrarlo a él. Si hubiera sabido que iba a salir de la cárcel tan pronto, habría hecho que lo siguieran.

— ¿Por más de dos años? Tenías que habérmelo dicho. Era mi mujer y yo quien tenía que protegerla.

— Fue mi hermana antes que tu mujer —apuntó Travis con brusquedad.

— No tenía ni idea —continuó Max, perplejo y sombrío—. Nunca me dijo nada. Debería haber sabido que estaba en peligro. Debería haber sabido acerca de él.

*¿Alguna vez me abrí a ella? ¿Pensaba que realmente podía confiar en mí sin ser juzgada? Estaba haciendo lo posible para ser la perfecta esposa, para complacerme.*

— Bueno, no eres un vidente —replicó Kade—. Obviamente, ella no quería hablar de ello. Yo tampoco lo sabía. Y él estuvo en la cárcel por años. Nadie hubiera imaginado lo que iba hacer al salir.

— Yo estaba huyendo de mis propios deseos y ella estaba tratando de convertirse en la perfecta esposa. No fue culpa suya. Yo no era precisamente accesible. No fui capaz de verla como era —admitió Max. Lo sabía. Mía era la única para él, pero se pasaron dos años dando vueltas uno alrededor del otro, cada uno intentando ser lo que el otro esperaba que fuera. En muchas cosas, habían estado muy cercanos, compartido muchas cosas, pero no lo que realmente importa. Ninguno de los dos estaba preparado para compartir las cosas desgarradoras, los sentimientos de los que deberían haber hablado para ayudarse mutuamente a superarlos.

— ¿Y si la hubieras visto como era? —preguntó Kade con mucha seriedad.

Max se encogió de hombros.

— La hubiera amado de la misma manera, pero habría sido capaz de dejarla ser quien era y no tendría que complacerme. Probablemente habría sacado la cabeza de mi agujero lo suficiente para ver que ella me necesitaba a mí también.

El silencio pesado que se hizo entre los tres hombres fue roto por una música que salía de algún sitio cercano a las caderas de Travis. Max miró sorprendido mientras Travis hurgaba en su bolsillo delantero para apagar el tono con la canción del momento.

— Mi mierda de secretario ha estado jugando con el teléfono otra vez —murmuró, apretando el botón para contestar. Se levantó y fue a la cocina a hablar.

— No culpes a Travis —le pidió Kade en voz baja—. Crecer con mi padre no fue fácil, y sólo estaba intentando proteger a Mía. Crecimos protegiéndola de mi padre. Travis probablemente se haya equivocado, pero Mía le rogó no decir nada a nadie. Temía por todos nosotros.

— No lo culpo …demasiado —admitió Max, a Kade y a sí mismo—. Debería haber sabido más de su pasado, haberla protegido yo mismo. Pero ese cabrón es mío. Es hombre muerto —advirtió a Kade, con intensidad letal.

— Ya está muerto —respondió Kade lacónico—. Esa es la razón por la que hemos estado intentando hablar con Mía. Cuando perdió la memoria, Travis no podía decir nada, obviamente. Pero necesitaba que ella supiera que Danny estaba muerto. Huye porque no lo sabe. Sigue queriendo protegernos. Sé que dejó esa nota y huyó de nuevo para protegerte. Te quiere, Max. Si no puedes comprender nada más, al menos comprende eso.

— ¿El tipo está muerto? ¿Fue Travis? —preguntó Max, frustrado por no haber sido el responsable de su último aliento.

Kade encogió los hombros despreocupado, como si su hermano matara gente todos los días.

— No lo admitirá. Dice que finalmente localizó a Danny en Colorado y fue a hablar con él. —Arqueó una ceja y continuó—. Ya sabemos la clase de "conversación" que Travis tendría con alguien que amenaza a su familia. Dice que Danny escapó antes de que pudiera ponerle las manos encima. Travis subió al coche y lo siguió por una tortuosa carretera de montaña. Danny perdió el control del auto y se cayó montaña abajo. Travis comprobó que estaba muerto antes de enviar a sus hombres para que escoltaran a Mía de vuelta a casa.

— ¿Danny perdió el control del auto? Seguro. Travis había sido corredor de coches profesional antes de concentrarse en los negocios de su padre. Ese cabrón no tenía ninguna posibilidad. Travis conocía maniobras que hacía que sus contrincantes se mearan de miedo—. Travis hizo que se saliera de la carretera —dijo Max en voz alta.

Kade sonrió de lado.

— ¿Tú crees?

— Me alegro de que el hijo de puta esté muerto. Sólo siento no haber tenido la oportunidad de matarlo yo mismo. Le hubiera arrancado la cabeza por hacerle daño a Mía.

La sonrisa de Kade se hizo más ancha.

— ¿Sabes? Cada día eres menos y menos Don Perfecto. Empiezas a sonar bastante crudo. ¿Qué fue del calmado y afable Max Hamilton, siempre en control de la situación?

— Nunca tuve ningún control cuando se trata de Mía. Me vuelve loco —resonó Max, dejando caer la taza vacía sobre la mesa que tenía delante un poco más fuertemente de lo que era necesario—. ¿Por qué no contactó Travis con ella una vez que Danny estaba muerto para decírselo?

— Tenía agentes vigilándola. Intentó llamarla varias veces después de que Danny murió, pero ella no contestaba. No habían tenido ningún contacto desde que ella se vino. Él le enviaba dinero de manera muy complicada para que nadie pudiera localizarla, dinero que apenas tocó durante el tiempo que pasó aquí. Travis no quería que nadie los vinculara de ninguna manera. Esta casa se la dejó la abuela a Mía, junto a un fondo fiduciario, pero a mí ni siquiera se me ocurrió. ¿Y a ti? —Max negó con la cabeza, muy a su pesar. Kade continuó—. Como no pudo localizarla por teléfono para llevarla a casa, Travis mandó a sus agentes a buscarla. Cuando llegara, quería encontrarse con ella en el *jet* para decírselo, pero tuvo no sé qué crucial reunión y no podía faltar. Cuando llegó a casa, ella no estaba allí. Mía debió llegar a casa de Travis y salir para el parque casi inmediatamente.

— ¿Por qué fue allí? ¿Sabía que estaríamos nosotros? —preguntó Max serenamente, preguntándose qué habría llevado a Mía directamente al parque ese día.

— No estoy seguro. Mi teoría es que vio la invitación de Sam en casa de Travis. Él dice que encontró la invitación en la cocina, sobre la mesa, cuando llegó a casa. —Kade frunció en entrecejo—. Es la única explicación que tiene sentido. El pelo corto y teñido fue algo que hizo antes de salir de Montana. No sabía que Danny estaba muerto y probablemente no quería ser reconocida.

— Ella fue por mí —dijo Max. Algo en él se lo decía. La esperanza volvía a surgir—. Ella sabía que yo estaría allí ya que el *picnic* lo organizó Sam.

— ¡Qué va! Creo que ella vino buscándome a mí —respondió Kade con una risotada, acentuada por la mirada hostil de Max—. O quizás no, considerando los ojos embobados con los que te miraba.

— Parecía diferente después del accidente. Todavía ella misma, pero más … — Max no estaba seguro de cómo decirlo— …completa.

Max seguía torturándose por no haberse dado cuenta antes de que ella lo necesitaba. Había estado demasiado ocupado huyendo para darse cuenta de que ella estaba haciendo lo imposible y necesitaba que se lo valoraran, lo mismo que le pasaba a él.

— No creo que fuera el accidente lo que la cambió. Estuvo viendo a un terapeuta en Montana. Fue su trato con Travis. Él le hizo prometer que encontraría a alguien con quien hablar, que intentaría cerrar las heridas —contó Kade a Max—. Creo que eso la pudo ayudar. Yo no la había visto desde que empecé la universidad mucho porque estaba siempre en la carretera, pero me pareció diferente a como era cuando más joven. Como si estuviera más contenta en su propio pellejo.

Travis salió de la cocina, metiéndose el teléfono en el bolsillo mientras hablaba.

— Está en el aeropuerto. Compró un billete de ida a Los Ángeles.

— ¿Por qué Los Ángeles? —preguntó Max beligerante.

— Está escapando. Es una gran ciudad —especuló Travis—. Va a intentar perderse en la multitud.

— ¿Cuándo? ¿Tienes la información? —No podía ser que Mía se le escapara—. ¿Qué hora es?

Kade no llevaba reloj y miró a Travis.

— No traje mi móvil.

Travis se empujó el puño de la camisa para mirar su Rolex.

— Son las nueve. Su vuelo sale a las once y media.

Max ya estaba de pie.

— Yo me encargo. Los dos podéis ir a casa. Es hora de que mi mujer y yo nos entendamos —dijo desafiante—. Sin interferencias —advirtió a Travis, clavándole los ojos.

Travis se acercó a Max extendiéndole la mano.

— De acuerdo. No le hagas daño y no tendré que encargarme de ti. Ya ha sufrido bastante, Max. Hazla feliz.

Max miró a Travis y a Kade, cayendo en la cuenta de que los tres hermanos lo habían pasado muy mal. Quizás Mía le contaría más detalles acerca de su vida pasada si él le daba la oportunidad. Su pasado había influido en ella, pero no la había destrozado. Max estrechó la mano de Travis.

— Gracias por arruinarme la cara.

— Igualmente —sonrió Travis de lado.

En ese momento, él y Travis habían llegado a entenderse, un pacto entre hombres que ninguno de los dos rompería jamás.

— Me cambiaré en el coche.

Max sacó las llaves del bolsillo delantero y corrió hasta la puerta. Necesitaba al menos ponerse una camisa limpia. Se había duchado, pero debió verter algunas gotas de whisky en la camisa que tenía puesta. Aún podía olerlo.

— ¿Necesitas una camisa limpia? —preguntó Kade animado—. Tengo varias extras.

Max puso los ojos en blanco mientras abría la puerta, mirando a la camisa naranja fosforescente de Max. Cegadora. No estaba seguro qué eran las manchas grises y blancas que la salpicaban, pero pensó que tal vez serían peces …o tiburones.

— No, gracias. Quiero que vuelva conmigo —le dijo a su cuñado sin reparos, cerrando la puerta tras de él.

— ¡A Mía le encantan mis camisas! —Max oyó a Kade a través de la puerta, corriendo hacia el coche.

El olor a alcohol lo invadió al cerrar la puerta del coche de alquiler, y no venía sólo de lo que llevaba puesto. Cogió la botella, bajó la ventanilla y la tiró al suelo. Ya la tiraría a la basura cuando volviera. Mía iba a volver con él y ella le bastaba para intoxicarse. El licor había sido un pobre sustituto y le había nublado la memoria. Desde ese momento en adelante, quería recordarlo todo, disfrutar cada confín de la mujer que amaba.

Puso el coche en marcha, metió la velocidad y dio la vuelta al coche, cogiendo el sendero más deprisa de lo que debería por una carretera llena de agujeros. Pero Max ni los notó, su mente ocupada con un solo objetivo.

No más drama.

No más juegos.

Mía le pertenecía y había llegado el momento de que la reclamara por completo, la conociera por completo, de que la amara incondicionalmente. Y una vez que la encontrara no iba a dejarla ir nunca más.

## Capítulo 10

**M**ía se abrochó el cinturón de seguridad inexpresiva, su cuerpo entero exhausto, el corazón y el alma vacíos. Por mucho que físicamente estuviera en el avión con destino a Los Ángeles, no era más que un armazón vacío, un cuerpo dirigiéndose a otro lugar. Su corazón se había quedado con Max en el rancho.

Pulso su bolso y sus equipaje de mano debajo del asiento del avión y apoyó la cabeza en el reposacabezas. Cerró los ojos. El dolor de saber que se alejaba de Max como trasfondo. Una vez más. Probablemente haberse refugiado en sus brazos por unas cuantas horas había sido un error que hacía aún más doloroso estar sin él. Por lo que fuera, necesitaba rehacer su vida alejada de quienes quería. Era un peligro para ellos y, si Danny la localizaba, no quería a ningún ser querido cerca.

— Cuento hasta diez para que muevas el trasero y salgas de este avión.

Los ojos de Mía se abrieron sorprendidos al sonido masculino, grave, de la voz de Max vibrando en su oído, tan cerca que podía sentir su aliento cálido acariciarle la sien.

— ¿Max? —Lo miró directamente a los ojos, tormentosos, turbulentos, tan próximo que tuvo que echar la cabeza hacia atrás para verlos—. Estamos a punto de despegar.

— Uno —empezó a contar. Su expresión y su voz intransigentes.

— Max, ya está bien. Tienes que irte.

Mía sentía pánico. Max no parecía dispuesto a claudicar y ella no podía salir del avión. Pero quería hacerlo. Dios, cuánto deseaba hacerlo, arrojarse al abrazo protector de Max y dejarse llevar a donde él quisiera ir.

— Dos.

Max se agachó, sacó el equipaje de mano de debajo del asiento y puso el bolso en el regazo de Mía. La rozó con su cuerpo y Mía intentó no respirar la masculina fragancia que la asaltó cuando Max se incorporó. Dándose una bofetada en su imaginación, se recordó que no podía ser débil.

— Te dejo, Max. No quiero seguir contigo. No te quiero. — Embustera. ¡Qué embustera! Pero no podía pensar en ninguna otra forma de hacerlo desistir. Y de verdad, de verdad, necesitaba que se fuera. No podía mirarlo a los ojos y decirle que no lo amaba. Se limitó a mirar hacia adelante, esperando a que saliera del avión.

— Tres.

Mía lo volvió a mirar. Se había colgado el equipaje del hombro y tenía los brazos cruzados sobre el pecho. Parecía obstinado, decidido a sacarla del avión. En ese momento, Max Hamilton no parecía sentirse dócil. De hecho, parecía convencido de que iba a doblegar su voluntad.

Muy bien. Ella podía ser tan testaruda como lo era él en ese momento. Cruzó los brazos, frunciendo el ceño.

— No voy a salir, Max.

Él se inclinó y desabrochó el cinturón de seguridad con un simple giro de muñeca.

— Cuatro.

— No lo hagas más difícil de lo que es. Por favor.

Mía había perdido las ganas de pretender, sus ojos suplicándole que desistiera. Parpadeando intensamente, intentando contener las lágrimas, con miedo a flojear. Había un destello peligroso en sus ojos, una terquedad que le decía que él no iba a ceder.

— Diez.

Apenas la palabra dejó sus labios, la cogió de su asiento y se la echó a los hombros. Mía hizo malabares para no dejar caer el bolso mientras daba puños a la espalda de Max.

— Suéltame. Maldita sea. ¿Qué estás haciendo?

Era de hecho bastante obvio que se la llevaba a cuestas del avión, con paso firme y seguro, como intentando no zarandearla demasiado. Mía decidió en ese momento que no había nada más mortificante que la sacaran a una a rastras de un avión lleno de gente. Por suerte, estaba sentada cerca de la puerta de acceso, pero Max no la bajó al suelo aun cuando ya habían salido y descendía la rampa hasta la terminal.

— ¿No que ibas a contar hasta diez? —dijo exasperada.

— Se me estaba haciendo muy largo — respondió él secamente, dirigiéndose a la salida del aeropuerto, atrayendo la mirada de todos los que pasaban, y que iba desde el asombro hasta la alarma.

Max había aparcado en la zona de carga y descarga; completamente prohibido aparcar ahí.

— Seguro que me han puesto una multa —murmuró irritado.

Para cuando la dejó en el asiento de atrás del deportivo, a Mía la agitaba la frustración. Max no dijo una palabra mientras que le abrochaba tranquilamente el cinturón de seguridad. Cerró la puerta y corrió hasta la puerta del conductor. Tenía el coche en marcha antes de que ella pudiera salirse. Lo había pensado todo.

— Creo que no entiendes que me acabas de secuestrar. Por lo que sé, es ilegal llevarse a alguien sin su permiso —dijo Mía en un tono amenazante—. ¿Y cómo te las ingeniaste para saltarte todas las medidas de seguridad?

Max encogió los hombros.

— Compré un billete para el mismo vuelo.

Para haber estado completamente borracho la noche anterior, parecía bastante recuperado de la cantidad que había consumido.

Manejaba el coche con mano firme, camino de la autopista sin vacilación.

— No quiero volver al rancho. Necesito tomar ese avión.

— No, no lo necesitas —contestó Max con una certeza irritante—. Danny está muerto. Y tú nunca vas a alejarte de mí otra vez. Me aseguraré de darte todos los motivos para quedarte.

¿Danny muerto? ¿Sabía Max lo de Danny? Lo sabía, tenía que saberlo, y aun así ha venido a buscarme. ¿Por qué?

El cuerpo entero de Mía sintió una tranquilidad inmediata. El pánico, vencido.

— ¿Cómo lo supiste?

— Travis —respondió Max, no sin cierta irritación en la voz—. ¿Por qué nunca me lo contaste, Mía?

— Pensé que todo eso se había acabado y quería dejarlo en el pasado. No creía que entendieses que una mujer podía ser tan estúpida. ¿Qué te contó Travis? —preguntó serenamente. Se había terminado. Se había terminado de verdad. Que un hombre al que había temido por tanto tiempo de verdad se hubiese ido para siempre aún no había calado en ella.

— Me lo contó todo. Tu relación en la universidad y el abuso, Danny a punto de matarme y tú salvándome la vida. Y no eres una estúpida. ¿Se quedó Travis algo en el tintero? —Max entró en la autopista, mirando a Mía brevemente y frunciendo el entrecejo.

— Se acabó —dijo Mía, abrazándose a sí misma, con miedo a creerse que fuera cierto. Miró a Max, estudiando su perfil mientras que intentaba convencerse de que ya no tendría que huir nunca más. ¿La perdonaría Max algún día ahora que sabía toda la verdad? ¿O se sentiría decepcionado?

*He hecho frente a mis emociones. No soy la mujer que era hace dos años.* Quizás no, pero aún tenía que vencer sus inseguridades con respecto a Max. Había cosas que no le había contado. Cosas que él tenía derecho a saber.

— Tus días de huir se han terminado, cariño, pero tú y yo …nunca terminaremos —dijo Max, como un desafío—. No a menos que hayas dejado de amarme y quieras realmente que acabemos.

— Pero la mujer de la que te enamoraste no existe. Nunca existió realmente — dijo Mía con sinceridad.

— Para mí sí. Y todavía existe —Max la miró con una posesividad animal que hizo que Mía se derritiera en el asiento del coche—. Nunca me importaron las cosas superficiales. No me importaba lo que te ponías, lo que les decías a otros o cómo fue tu pasado. Me enamoré de ti. De la que siempre ha estado ahí, y sigue ahí, por mucho que deformaras tu imagen para convertirte en algo que realmente no me importaba. —Max cogió la salida de la autopista en dirección al rancho—. Quiero saberlo todo de ti. Probablemente todo fue mi culpa, por ponerte en un pedestal en lugar de tratarte como una mujer. Pensaba que eras perfecta, pero lo hubiera pensado de cualquier manera. Aunque hubiera sabido de tu pasado, de tus inseguridades, de tus deseos, habría besado el suelo que pisas.

— ¿Por qué? —preguntó intrigada—. Yo era una mujer con muchas taras que aguantó una relación abusiva por más de un año. No tenía ninguna confianza en mí misma y nunca sentí que yo era bastante para ti, ni bastante mujer para conservarte.

Max estaba entrando en el sendero que llevaba al rancho cuando le respondió.

— Yo no puede ser el hombre que era antes tampoco, Mía. Mi amor era real, pero los dos estábamos guardando apariencias, escondiéndonos.

— ¿Y ahora qué? —susurró Mía.

Cuando llegaron al final del sendero, Max detuvo el coche delante de la casa y se volvió a ella.

— Ahora pienso mostrarle a mi mujer exactamente cómo me siento por ella, voy a desearla como siempre la he deseado pero tenía miedo de exteriorizarlo. Ahora confiamos el uno en el otro en lugar de huir. Ahora podemos desnudarnos de todas las maneras posibles. —Su voz era enérgica, pero aún conservaba un toque de vulnerabilidad.

— Yo confío en ti. Siempre he confiado. Era en mí en quien no confiaba —replicó ella, hipnotizada por la ávida mirada y la intensa expresión de Max.

El tiempo parecía haberse detenido, los dos mirándose mutuamente con una pasión desenfrenada, y no se oía nada, sólo su violenta respiración rompía el silencio.

— Dios. Te necesito —dijo Max finalmente, sin rodeos. Abrió la puerta del coche y cogió el equipaje de Mía. Estaba al otro lado del coche antes de que ella se hubiera desabrochado el cinturón, sus dedos temblando mientras se deshacía torpemente de su atadura.

Max lo desabrochó y ella dio un traspié al salir, cayendo en sus brazos. El la levantó y a paso ligero fueron a la casa.

— La llave —pidió Max impaciente.

— En la maceta. La puedo ver. ¿Estuvieron Kade y Travis aquí? —preguntó Mía con la respiración entrecortada.

— Así es.

— No se molestaron en ocultarlo.

Max sacó la llave de la planta y abrió la puerta, empujándola con el pie. Dejando caer la llave en la mesa más cercana, soltó el equipaje y luego puso a Mía en el suelo.

— Te quiero desnuda ahora mismo. Necesito que me desees y que grites mi nombre. Quiero sentir todo lo que sientes mientras te follo hasta saciarte.

— El …el dormitorio —tartamudeó, su cuerpo anhelando unirse al de él; el deseo tan puro y carnal que el cuerpo entero le temblaba y la humedad cálida entre sus piernas se hacía casi insoportable.

— No voy a poder esperar tanto —rugió Max mientras separaba ambos lados de la camisa vaquera que llevaba Mía, haciendo saltar los corchetes. Su voz animal reverberó grave y peligrosamente en el aire —Mío. Todo tu cuerpo es mío.

Mía tomó aire cuando Max empezó a inclinar la cabeza para fundir su boca con la de ella. Su beso fue posesivo y exigente, pero Mía lo recibió con aprobación. Quería ser marcada y tomada, que Max la reclamara de la manera más primitiva posible.

Un amor de locura.

Lo que sentía por Max era una locura impredecible, y no podía importarle menos que él pudiera sentir cada una de las sensaciones animales que recorrían su cuerpo. Simplemente respondía a su llamada. Él sentía de la misma manera. Los dos compartían la misma furia animal que amenazaba con prender fuego de un momento a otro.

Se abrió a él, se rindió a él, entrelazando su lengua con la de él mientras metía las manos debajo de su camiseta y para sus adentros suspiraba al sentir el tacto de la piel cálida y los músculos de acero. Queriéndolo tocar por todas partes a la vez, sus manos recorrieron el pecho y rodearon su espalda, sus dedos palpando cada centímetro que podían abarcar, encontrando sólo una solidez inquebrantable.

El botón y la cremallera de los vaqueros de Max se abrieron. Él separó bruscamente su boca de la de ella, su respiración entrecortada mientras desnudaba violentamente los brazos de Mía y deshacía el corchete del sujetador, que daría en el suelo segundos más tarde, junto a la camisa. Mía se aferró a la camiseta de Max, desesperada por tenerlo desnudo, pero él la ignoró, completamente fijado en bajarle los pantalones, llevándose sus bragas a la vez.

Cogiéndola de la mano la llevó hasta el sofá y la colocó doblada por la cintura en el brazo del mismo. Ella se agarró al cojín del asiento para sostenerse, su respiración tan ardiente y pesada que parecía faltarle el aire, su fogosa necesidad de Max la hacía perder el dominio de sí misma. Las manos de Max se aferraron a las nalgas de Mía, apretando y acariciando alternativamente cada una de ellas con reverencia.

— Nunca vuelvas a alejarte de mí —como dándole una orden, con la respiración entrecortada—. Somos el uno para el otro.

— Hazlo. Sé que estás deseando —murmuró Mía con calma, sintiendo su necesidad de poseerla y de tenerla bajo su control. Todo lo femenino que había en ella aceptaba su dominación, una humedad cálida recorría su entrepierna—. Hazlo.

Max estaba en lo cierto. Su lugar estaba con él, para él y quería que él marcara en ella su territorio. Sabía exactamente lo que él necesitaba en ese momento y se agitaba por sentir el latigazo de su mano en las nalgas, un juego erótico que, viniendo de Max, la volvería loca.

— No puedo —dijo él, frustrado.

Mía sabía por qué estaba dudando.

— Sé la diferencia entre el abuso y el juego erótico. Por amor de Dios, hazlo. Y haz que me corra —le ordenó, incapaz de esperar más.

— No estoy jugando exactamente —Max siseó sutil, pero peligrosamente.

La palma de su mano golpeó con contundencia el trasero de Mía, como una sacudida eléctrica. Un hormigueo le recorrió la piel con una mezcla de dolor y placer. Le dolió, pero la excitación de ver a Max dejándose llevar por sus deseos de dominación compensaban sobradamente el aguijón de sus manos.

Quería más…

Y tuvo lo que quería.

El segundo y tercer impactos de su mano en ella le llegaron directamente al vientre, los músculos se tensaron, implorando ser aliviados.

Gimiendo a gritos al cuarto impacto, imploró.

— Hazme venir, Max.

Sus nalgas enrojecidas y su clítoris reclamando atención.

— Nunca vuelvas a dejarme, Mía. Por ninguna razón —le advirtió Max, con su mano acariciando las rojizas carnes y ahondando entre los muslos—. Prométemelo.

El tono masculino, dominante, de su voz le produjo a Mía un escalofrío que le recorrió la espalda.

— Tócame. Por favor —rogó desesperada.

Él le rozó el clítoris levemente, lo justo para Mía quisiera gritar de gusto. Todo su cuerpo era un amasijo de fiebre y deseo, a punto de explotar, y sólo Max tenía el poder de hacerlo detonar.

Le golpeó las nalgas otra vez, seguido de una caricia y un delicado roce burlón entre los muslos.

— Prométemelo —insistió Max, repitiendo el mismo juego una y otra vez.

Incapaz de hablar, Mía gimió elevando el volumen, clavando sus uñas en la piel del sofá. Le enervaba su necesidad de aliviar el deseo y no estaba segura si quería que parase, pero su aguante estaba al límite.

— Sí, lo prometo. Te quiero.

— Y yo a ti —respondió él, con agresividad.

Sus dedos se escurrieron por los saturados labios vaginales de Mía hasta encontrar el clítoris, sensible, lleno de deseo, presionándolo persistentemente. El placer, acompañado de la quemazón en las nalgas, era tan embriagador, tan tóxico, que sus piernas temblaron y un grito ahogado escapó de sus labios mientras que el incipiente orgasmo la recorría a velocidad de vértigo.

— Córrete para mí, cariño —le pidió él—. Estás tan rica, tan a punto. Córrete. Yo te sujeto si te fallan las piernas.

Mía no pudo contener un orgasmo que agitó todo su cuerpo, rompiéndolo en pedazos al llegar al clímax, entre el lloriqueo y los gemidos, cuando Max enterró dos dedos en ella, manteniendo la presión en el clítoris con el pulgar mientras se corría, incitándola a gozar todo el placer que pudiera soportar, y más.

Max la sujetó, tal como prometió, rodeándola con su brazo poderoso para que no perdiera el equilibrio, sujetándola mientras se corría, necesitada de aire, el corazón galopando sin sentido en el pecho.

Mía no tenía ni idea de cuánto tiempo había pasado desde que descendió de nuevo a la tierra. Max la sujetaba con un brazo mientras que con la otra mano le pasaba los dedos por la nalga izquierda.

— ¿Qué es esto? —preguntó Max sensual, sus dedos trazando una silueta en el trasero de Mía.

Se refería a su tatuaje.

De reojo, vio que la camiseta de Max caía al suelo alfombrado. Lamentaba no haberlo visto quitársela con lo que sin duda habría sido el sensual manejo de su brazo, y con lo que la habría hecho salivar.

— Tú —respondió ella—. Una rosa roja que simboliza el amor y tu nombre.

El tatuaje era pequeño y delicado. Una rosa abierta, adornada con el nombre de Max escrito debajo de ella. Desesperadamente, había querido llevarlo con ella para siempre y era lo único que pensó que la marcaría para el resto de su vida como suya.

— ¡Joder! —La expresión sonó entrecortada y carnal cuando brotó de los labios de Max. Le abrazó las caderas firmemente, el pulgar aún recorriendo la marca cuando la penetró con un movimiento certero. Sí. Sí. Sí. Mía necesitaba esta unión más que el aire. El pene de Max la abría a la vez que las paredes de su canal se aferraban a él estrechamente. Mía presionó contra el cuerpo de Max, desesperada y ansiosa de tenerlo y retenerlo dentro de ella.

— Te marcaste para mí, para ser mía —dijo Max con voz grave.

— Lo necesitaba —dijo entrecortada—. Necesitaba algo. Lo que fuera.

Pareció sollozar cuando las caderas de Max se separaron de las de ella, sacando el pene casi completamente para embestir de nuevo con un gruñido grave. Inclinándose hacia delante, estirando su pecho sobre la espalda de Mía, le mordisqueó el hombro y le pasó la lengua, ascendiendo poco a poco por la nunca hasta llegar a su oído.

— Es lo más excitante que he visto nunca. Mi nombre marcado en ti para siempre. ¿Me hace eso un hijo de puta enfermo? —le susurró con un ronroneo. Le dio un ligero lengüetazo en el lóbulo, haciéndola agitarse de deseo—. Quiero estar así siempre. Dentro de ti, mi cuerpo enredado con el tuyo, rodeado de ti. Nada me hace sentir mejor.

Sus manos se apretaron en los senos de Mía, los dedos presionando los pezones y acariciándolos. Como un bálsamo, el placer agónico de las caricias la obligó a jadear, con urgencia. Todo su cuerpo agitado. Mía volvió la cabeza y los labios de Max robaron los de ella. El ángulo que formaban hacía difícil para Mía abrazar a Max, pero a él no parecía importarle. Paladeó sus labios con la lengua, saboreándola como si ella fuera la cosa más deliciosa de la tierra. Su lengua entraba y salía, obligándola a apretar sus caderas contra él para sentir el mismo entrar y salir dentro de ella.

— No puedo esperar —rugió él, liberando su boca. Su respiración pesada, profunda, repartía calor en la delicada piel del cuello de Mía. —Necesito follarte.

El juramento que salía de boca de Max hizo que sus paredes se estrecharan más alrededor de él. El que ella pudiera hacerlo sentir de esa manera la envanecía y la hacía sentir humilde a la vez. Podía hacer que aquel hombre orgulloso, fuerte, masculino y *sexy* se rindiera a sus pies, pero eso era lo último que ella quería. Era suya, en corazón, cuerpo y alma, y todo lo que quería era perderse en él. Dejarlo ser el hombre dominante que necesitaba ser con ella. Y lo cierto es que ella estaba ansiosa por ello.

— Hazlo entonces —le dijo con sumisión—. Yo también lo necesito.

Max agarró sus caderas con más fuerza y ella gimió de gusto cuando él empezó a moverse, penetrándola con perfecto dominio, empujando con golpes maestros. Todo en aquel compulsivo acoplamiento la excitaba. Los empujes desinhibidos de Max, sus ingles contra las todavía enrojecidas nalgas, el sonido de sus gemidos confundiéndose con los de ella, le provocaban una fiebre incendiaria que, como un torbellino, subió hasta hacerle perder el sentido. No sintió nada excepto el fusionarse de sus frenéticas acometidas.

— Te quiero, Mía. Te quiero tanto que duele. —Max se ahogó con un violento gemido, apretando las caderas de Mía y descargando en ella con una desesperación casi palpable. La tensión sexual inundó el aire; ambos jadeando, sudando. El cuerpo de Mía encharcado en sudor, gotas de agua dando contra la piel del sofá.

Y luego no vio nada más. Cerró los ojos y echó la cabeza hacia atrás con un grito de placer. Alcanzó el clímax con tal intensidad que le fallaron los brazos. Dejó descansar la cabeza en el brazo del sofá. Estaba completamente indefensa, su canal convulso atenazando el pene taladrante de Max.

— ¡Dios! —exclamó Max, tensando los músculos mientras que el furor de su desahogo tomó el cuerpo de Mía.

Su cuerpo sudoroso se fundió con el de ella; sus brazos protectores rodeándola. Enterró la cara en su cabellera, murmurando incoherentes palabras de amor mientras recobraba el aliento. Mía se había desmadejado, incapaz de moverse, sabiendo que Max la sostendría.

Así permanecieron un buen rato, perdidos en un mundo en que sólo existían ellos dos y sus deseos incontrolables. Finalmente, Max rompió el lazo y la cogió en brazos. Se desprendió de los vaqueros que, evidentemente, no se había molestado en quitarse del todo, y se dejó caer sentado en el sofá, con ella sujeta firmemente contra su regazo.

Mía pudo por fin mirarse en los hermosos ojos color miel de Max, cuya cara aún irradiaba aquella furiosa posesividad que la hacía temblar de deseo. No deseaba más que ser amada así por el hombre que lo era todo para ella. Era todo lo que necesitaba. Finalmente, se sentía libre, y era un sentimiento increíble. Podía ser exactamente quien era y Max la querría igual. Le puso los brazos alrededor del cuello y acercó los labios de Max a los suyos, dándole un abrazo emocionado y tierno que la hizo sentir como si, después de toda una vida, estuviera por fin en casa.

# Capítulo 11

**S**upongo que deberíamos haber hablado antes de hacer nada —notó Mía un tanto indiferente mientras miraba con adoración a su marido—. Los dos tenemos preguntas.

Max sonrió con perversidad.

— Tal y como nos hemos comunicado me parece perfecto. Hablar está sobrevalorado. —Le acarició el tatuaje—. No puedo creer que te marcaras con mi nombre.

Mía se encogió de hombros, sin entender por qué se sorprendía tanto.

— Te echaba tanto de menos que tenía que hacer algo o me volvería loca. Quería algo para tenerte siempre cerca de alguna manera. Probablemente suene ridículo. Nunca pensé que me tatuaría tu nombre en el trasero, pero era lo que quería.

La sonrisa de Max se ensanchó.

— Te queda bien. Nunca te hubiera pedido que lo hicieras, sé que es doloroso, pero es excitante. No voy a poder verlo sin querer follarte en ese mismo momento. Vas a tener que esconderlo si no quieres que te asalte al instante.

— Entonces me parece que voy a andar desnuda por la casa con frecuencia —dijo sonriendo, preguntándose si habría alguna vez en la que no deseara tener a Max dentro de ella.

— Es curioso —empezó a decir Max, para luego callarse, como si estuviera contemplando algo.

— ¿Qué? —preguntó ella intrigada.

Max la pasó con delicadeza a su lado en el sofá. Se giró dándole la espalda.

— Esto. Me lo hice unos meses después de tu desaparición.

Mía lo vio inmediatamente, boquiabierta. Ahí, en el hombro, Max tenía un tatuaje. Asombrada, sin saber qué decir, acercó la mano y dejó que sus dedos recorrieran la marca. No era grande, pero sí era delicada. Un corazón con una clave de sol entrelazada. En el corazón había dos anillos, dos alianzas matrimoniales. Todo en negro. El nombre de Mía escrito encima. Debajo, el lema *Un amor verdadero nunca muere*. Era precioso. Entendió entonces que su música y su corazón eran uno. Entendió cómo lo que él expresaba al piano estaba vinculado a ella.

Las lágrimas brotaron de sus ojos, enamorada, sin dejar de pasar los dedos por aquella marca. Él se había marcado con su nombre también, prueba de su amor por ella.

— Pero, ¿qué si hubieses conocido a alguien? ¿Si …?

Max se volvió hacia ella, la cogió y la sentó en su regazo.

— No hay nadie más, cariño. Ni siquiera Kade me riñó cuando lo hice. Creo que entendió que necesitaba hacerlo. Él mismo me llevó a alguien que le había hecho un par de tatuajes en el pasado. Me dijo que él ya te rendía tributo todos los días, pero no sé dónde se hizo el tatuaje.

Mía empezó a reír.

— No es un tatuaje —le aclaró divertida.

Max la miró con perplejidad.

— Entonces, ¿cómo te rinde tributo?

— Con sus camisas. Los horrores que se pone —respondió Mía—. Cuando era una niña, él siempre se vestía de negro. Yo le decía que eso era deprimente y que debería ponerse cosas más alegres, y empezó a usar camisas estrambóticas, de las que probablemente se burlaban todos. Pero él se las ponía porque a mí me gustaban. Cuando nos hicimos mayores, no dejó de ponérselas. Así es como me rinde tributo. Nunca dejó de usarlas, incluso hasta cuando yo misma empecé a gastarle bromas por eso.

Max arrugó el entrecejo.

— Siempre pensé que lo hacía para irritar a Travis.

Mía rio.

— Ese es sólo un efecto secundario y quizás la razón por la que sigue haciéndolo. Pero todo empezó por mí. Me gustaban las camisas cuando era una niña. Eran alegres, con colores y estampados atroces. Sinceramente, aunque me río de ellas, me siguen encantando.

Se giró y se sentó a horcajadas sobre Max, dejando caer la cabeza en su hombro.

— Dime por qué solías irte de viaje. ¿Era por mí? ¿Por mi forma de comportarme?

— No —respondió Max inmediatamente, acariciándole el pelo mientras respondía—. Desde que entendí lo que significaba ser adoptado, les estuve muy agradecido a mis padres. Sabían que había sido abandonado por mi padres biológicos y no dejaba de agradecer cada día que tuviera unos padres que me querían, que cubrían mis necesidades, y más. Era más feliz que muchos otros niños en el colegio y no porque me habían tenido sino porque me habían elegido. Creo que nunca quise darles ningún motivo para arrepentirse de su elección. Me convertí en el hijo perfecto. O lo intenté al menos. No querían que lamentaran su decisión. Cuando era aún un niño, creo que me daba miedo de que me devolvieran o me rechazaran como lo hicieron mis otros padres.

Mía le acarició el cuello cariñosamente, imaginando el niño perfecto que Max había sido. No era tan difícil. Aquel niño perfecto se había convertido en el hombre perfecto.

— ¿Nunca quisiste rebelarte? —preguntó con curiosidad, queriendo conocer al verdadero Max, más allá de la fachada.

Max encogió los hombros.

— No realmente. Hasta después de muertos mis padres quería seguir complaciéndolos. Me licencié con el número uno de mi promoción, hice todo lo que se esperaba de mí cuando me hice cargo de los negocios de mi padre. Hasta pensé meterme en política porque pensé que se sentirían orgullosos. La única vez que deseé rebelarme contra mí fue cuando te conocí.

— Así que fui una mala influencia —replicó Mía bromeando.

— Nunca —negó él, su mano descendiendo por la espalda de Mía y rodeando su cintura con los brazos, estrechándola más íntimamente—. Pero me di cuenta que nunca había sido feliz hasta que te encontré. Vivía la vida de dos personas a quienes quería, pero no era yo. Intentaba imitar su conducta porque pensaba que otra cosa sería una traición. Pensaba que tenía que ser como ellos porque eran los padres que me habían querido. Me sacaron de una vida de pobreza cuando me adoptaron. Quería estar a la altura de mis padres aunque no hubiera nacido a su nivel.

Su confesión le rompió el corazón a Mía.

— Que seas diferente no quiere decir que no estés a la altura. — Max era el hombre más maravilloso que había conocido y no entendía que no creyera que podía ser perfecto si no era como sus padres—. No creo que ellos esperaran eso de ti.

— Yo tampoco lo creo. Me hubieran querido de cualquier manera, porque eran buenos padres —respondió Max, la voz ensordecida contra el cuello de Mía—. Yo lo esperaba de mí mismo.

— ¿Y cuando me conociste? Sé que habías tenido relaciones antes.

— Ninguna como tú y yo. Antes de conocernos hice lo que se espera que uno haga. Salir, acostarse. Pero no era igual. Tú me volviste loco desde el primer momento. Me diste fuerte. Perdí el control. Me obligué durante años a ser pausado, tener control, ser un hombre de negocios razonable como mi padre, pero tú lo echaste todo a perder y a mí me preocupaba perderte si no actuaba como el hombre que tú esperabas. Sabía lo de tus padres y sabía que necesitabas estabilidad, alguien racional y cuerdo —admitió Max taciturno.

— Oh, Max —susurró Mía, queriéndolo más por ser capaz de hablarle abiertamente—. Nunca he conocido a un hombre más cuerdo, y creo que me gusta el hombre que eres ahora. —Bueno, eso era una forma figurada de hablar. Su amor dominante, protector, la hacían sentir segura y adorada—. ¿Qué te hizo cambiar?

— Tu muerte —respondió, con dolor en la voz—. Cuando tuve que admitir que quizás no volvería a verte, abrazarte, hablar contigo, me arrepentí de no haberte dicho lo que significabas para mí, que eras todo mi mundo. Me arrepentí de cada día que me pasé huyendo en lugar de pasarlo contigo. —Dejó escapar un suspiro viril—. Ahora me arrepiento de no haber visto quién eras tú, de no darme cuenta de cuánto me necesitabas. Sólo pensaba en mí. Si no me hubiera preocupado tanto por mi imagen, quizás te habría conocido de verdad, quizás me habrías contado lo de Danny. —Sostuvo la cabeza de Mía entre las manos, con expresión sombría—. Créeme, lo último que quería es que dejaras de ser tú para complacerme. Me complaces sólo con respirar. No necesitabas ser nadie más que quien eras.

Mía no quería que tuviese nada de lo que arrepentirse.

— Ahora lo sé. Pero era mi inseguridad, el lastre del pasado. No tú, Max. Los dos somos culpables de no comunicarnos. Los dos nos escondíamos. Enamorados, pero demasiado preocupados con perder el amor en lugar de confiarnos uno al otro. — Dios mío, debió estar ciega, sorda y muda. El amor que desprendían sus magníficos ojos era inconfundible. Si lo hubiera mirado de verdad, lo habría visto, habría conocido a Max de verdad—. Mi vida de familia fue un infierno. La locura y el abuso de mi padre fue algo muy duro para todos nosotros.

— ¿Tu madre nunca pensó dejarlo? —preguntó Max, apoyando su frente en la de ella, reconfortante.

— Nunca. Creo que aguantó sus abusos por tanto tiempo que dejó de importarle, por supervivencia. Nosotros le rogamos que lo dejara, ya de mayores, pero no quería. Siempre lo justificaba —respondió Mía con tristeza—. Creo que nos quería, pero nunca se hizo valer con mi padre. Estoy segura de que vivía en su infierno particular.

Max le acarició los brazos, frunciendo el ceño.

— Estás helada. Tienes carne de gallina.

Mía sospechaba que no era por el frío sino por la sensación de estar sentada allí con él, compartiendo cosas que nunca habían compartido.

— Entonces, abrígame —le instruyó sonriente—. Estamos completamente desnudos.

Max se inclinó a un lado y cogió una manta que estaba doblada encima del sofá. Se recostó y puso a Mía encima de él, cubriéndola con el calor de la manta por un lado y el de su cuerpo por el otro.

— ¿Mejor?

Mía suspiró, su cabeza descansando en el hombro de Max.

— Sí.

¿Cómo podría ser menos que sublime estar con él piel con piel?

— ¿Estás lista para contarme lo del cabrón que te hizo huir de mí? —Era una pregunta, pero sonó más como una exigencia—. Travis me contó los hechos. Lo que quiero saber es lo que tú sentiste por él.

Mía no sabía muy bien cómo explicarlo, pero lo intentaría.

— Las cosas eran diferentes al principio. Era encantador, me ponía atención. Su actitud controladora empezó algunos meses después de que empezáramos a salir. Los triste es que no fue en absoluto una sorpresa. Crecí con ello. Se parecía a mi padre. Yo no era muy fuerte, Max. Caí en el círculo del abuso. Se disculpaba y prometía no volver a hacerlo. Pero lo hacía. Yo quería terminar con él, pero me temo que no fui lo suficientemente fuerte para luchar por mi libertad.

— ¿Y los amigos? —preguntó Max serenamente.

— Ninguno. Poco a poco, metódicamente, consiguió aislarme. Hice algunos amigos en la universidad, pero no me dejaba verlos —respondió con un eco de remordimiento—. ¡Me sentí tan aliviada cuando fue a la cárcel! Pensé que ese sería el final. Terminé los estudios y volví a Florida, con la esperanza de empezar una nueva vida, de ser más inteligente.

— Cariño, tú eres brillante y con talento. Estabas condicionada por tu pasado y eras muy joven todavía. No te culpes —insistió Max, acariciándole la espalda—. Reapareció al salir de la cárcel, amenazando a tus hermanos y a mí, estuvo a punto de volarme los sesos. ¿Cómo impediste que eso pasara? Por lo que tengo entendido, podría haberme matado fácilmente. Estaba lo suficientemente loco para hacerlo.

— Estaba mucho peor que antes —admitió Mía—. Me culpaba por todo y estaba completamente ido. Creía que yo quería estar realmente con él y estaba dispuesto a todo para conseguir lo que quería. Sabía que lo haría.

*Se acabaron los secretos. Se acabaron los secretos.*

— Te fui infiel, Max. Lo siento.

Fue la frase más dolorosa que había dicho en su vida, pero Max quería sinceridad y ella necesitaba decirle la verdad. Max soltó su abrazo y se levantó para dirigirse a la chimenea. Apoyando los brazos sobre la cornisa de piedra, mirando hacia abajo, cada músculo en tensión. Mía contuvo la respiración mirando su perfil. No se movía, excepto por el vaivén del pecho al respirar, de forma irregular. El futuro de Mía pendiente de un hilo, mirándolo, esperando a ver si la miraría con repulsión o con desdén. Pero necesitaban absoluta franqueza entre ellos. Era algo que él necesitaba saber. Ella no era ya la mujer asustada que fue. Y sin embargo esto sólo hacía posible decir las cosas pero no las hacía más fáciles de decir.

— Te violó el hijo de puta, ¿no? —Max se volvió para mirarla, iracundo, los puños apretados—. Morir no es suficiente para un cabrón como él.

Mía podía sentir la furia de Max vibrando en su cuerpo, pero se dio cuenta de que no iba dirigida a ella. Extendió los brazos y Max fue hasta ella, cogiéndola en brazos y sentándola en su regazo. Los brazos fuertemente apretados alrededor de ella. Odiaba a Danny. Y confiaba en ella. Sabía que nunca lo habría traicionado por su voluntad.

— Me violentó. No me violó. Quería que le chupara …y lo hice. Estabas a punto de subir al avión. Sólo necesitabas unos minutos. Nada me importaba, Max. Hubiera hecho lo que me pidiese en ese momento para que no te hiciera nada —explicó desesperadamente.

— ¡Mierda! Hubiera preferido que el hijo de puta me matase antes que obligarte a hacer …eso. —La voz de Max se fue apagando. Su rostro palideció, su expresión cambió, como si hubiera adivinado algo—. La noche que recobraste la memoria, en la ducha…

— Aún tengo pesadillas con él. Estaba soñando con lo que pasó. Me desperté habiendo recuperado la memoria. Quería desterrar los malos recuerdos con buenos recuerdos. Y eso es lo que hice —confesó.

— Tuvo que ser duro. No tenías que …

— Quería hacerlo. ¡Lo deseaba tanto! Duro, sí, pero no difícil —dijo con una sonrisa trémula, intentando ahuyentar la culpabilidad que veía en el hermoso rostro de Max—. Siempre había querido hacerlo, pero siempre me pareció que no querías eso. Dejé de intentarlo.

— Mi amor. Lo quería, quería tanto sentir la dulzura de tus labios que temía que si pasaba no podría contenerme —respondió más abiertamente.

— Fue estupendo —dijo Mía con una pequeña sonrisa—. Mantendrá alejadas todas las pesadillas.

— Yo mantendré tus pesadillas lejos. Nunca tendrás malos sueños otra vez. Cambiaré cada minuto de dolor que hayas sufrido por felicidad. Te lo prometo —juró con intensidad, pero con una expresión tranquila.

Mía dudaba que Max pudiera hacer que el genio de la lámpara le concediera todos sus deseos pero estaba dispuesta a creerlo, con la certeza de que haría todo lo posible para que así fuera, hasta amarrar al personaje de cuentos a la pata de la cama si fuera necesario.

— Simplemente, ámame siempre como ahora. Eso es todo —murmuró, llevando los brazos alrededor de su cuello.

— Nunca dejaré de hacerlo —concurrió Max. La tensión había abandonado su cuerpo—. Sólo prométeme que no intentarás protegerme de nada otra vez. No a tu costa. Habría muerto antes que dejar que te pusiera un dedo encima.

Los ojos de Mía se llenaron de lágrimas. La sinceridad de las palabras de Max, la reiterada promesa de todo lo que había dicho antes, llegó a lo más íntimo de su ser.

*Mi marido moriría por mí antes de que yo sufriera algún daño.*

Sabiendo que lo amaría de la misma manera, respondió cautelosa.

— No estoy segura de poder prometértelo. Ese día, nada habría evitado que Danny me hiciera daño. Pero te salvé la vida.

Él ignoró su comentario.

— Prométemelo —insistió.

— No —renegó Mía—. No puedo. ¿Podrías hacer tú la misma promesa? Dijiste que no más mentiras y no te voy a mentir. Te protegeré siempre que pueda.

— Está bien —protestó él—. Tendré que hacerme cargo de que nunca tengas que tomar una decisión así otra vez. Y no más huidas.

Mía giró la cabeza de un lado a otro, negando.

— No más huidas —repitió.

— Y si tienes que hacerlo, yo iré contigo —dijo persistentemente—. Si me hubieras dicho que necesitabas desaparecer, yo lo habría arreglado todo … para los dos.

— Pero tu trabajo, los negocios.

— No significan nada sin ti. ¿Crees que me importa una mierda el dinero y todo lo demás si tú estás en peligro? Desaparecería contigo, que me dieran por muerto también para protegerte a ti y a tus hermanos, sin pensármelo.

Con su cuerpo en tensión, la miró exaltado. Mía suspiró, mirándolo a su vez como disculpándose.

— He pasado más de dos años haciendo terapia y todavía es difícil creer que alguien pueda amarme como tú —confesó—. He progresado mucho, pero aún tengo mis momentos de inseguridad —le advirtió—. Todavía me cuesta creer que todo haya acabado. Que ahora estemos a salvo.

Era difícil comprender que Max pudiera dejarlo todo por ella. Sí, era cierto. Había aprendido a valorarse, aceptarse tal como era, gracias a sus sesiones de terapia, pero aceptar el amor de Max fue lo que más trabajo le había costado. ¿Qué había hecho en la vida para merecérselo?

— Tómate todo el tiempo que necesites, mi amor. Tarde o temprano te convenceré —dijo tiernamente. Sus ojos implacables fijos en los de ella. El amor destellando, flotando cálidamente entre los dos, acelerando el pulso de Mía.

— Eres increíble, Max Hamilton —le dijo, acariciándole el pelo.

— ¿Pensabas eso cuándo te estaba golpeando el trasero? —preguntó con una mirada malévola.

— Sí. Me hizo querer comportarme como una *mala* chica.

— Cariño, quiero que me digas si alguna vez te asusto o excedo tus límites. No puedo confiar en mi autodominio cuando se trata de ti —le dijo, como avisándola de un peligro.

— No tengo miedo de ti, Max. Nunca podría. Sé que nunca me harías daño. Me haces sentir protegida.

Mía sabía que nunca tendría miedo de él, por mucho que le pidiera. Aquel hombre era una mezcla increíble de arrogancia y vulnerabilidad, dominación y delicadeza, y le fascinaba por completo. Pero nunca se sentiría nerviosa por sus defectos. Todo en él la excitaba. Él quería protegerla y daría su vida por ella. Nunca podría tener miedo de esa clase de amor.

— Ahora estás a salvo, y voy a asegurarme de que siempre lo estés —aseguró Max.

Permanecieron en silencio un momento, disfrutando el placer de estar juntos, antes de que ella volviera a hablar.

— ¿Fue Travis quien mató a Danny? —preguntó con curiosidad.

— Probablemente —respondió Max juntando las cejas—. Técnicamente fue un accidente, pero Travis estaba allí. ¿Te disgusta que esté muerto?

— No. No me molesta personalmente que Danny esté muerto. Se lo merecía. Mi familia está a salvo y no va a tener la oportunidad de aterrorizar a nadie más. Pero el pobre de Travis ya puso a Danny en la cárcel. No quiero pensar que él haya tenido que matar a nadie para que yo sea libre. Tiene conciencia, pero siempre ha hecho lo que fuese necesario para protegernos a Kade y a mí.

— ¿Tú sabías que fue él quien puso a Danny en la cárcel? —preguntó Max, sorprendido.

— Claro que lo sabía. ¿Travis piensa de verdad que soy tonta? Aparece en Virginia, ve lo que pasa y Danny va inmediatamente a la cárcel. Sabía que era cosa de Travis. ¿Cómo fue la muerte de Danny? —preguntó tranquilamente.

— Cuando Travis finalmente localizó a Danny, fue a hablar con él. Danny se escapó en un coche y Travis lo siguió. Durante la persecución, Danny perdió el control y acabó cayendo por un barranco muy alto. Y créeme, dudo que Travis sintiera un atisbo de remordimiento después de lo que ese cabrón te había hecho. Cuando tuvo confirmación de que Danny estaba muerto, lo dispuso todo para traerte de nuevo a casa, pero aparentemente nunca tuvo la oportunidad de hablar contigo porque te habías ido cuando él volvió a casa después de una reunión. ¿Por qué apareciste en el *picnic* de todas maneras? —preguntó Max, confuso—. Acababas de llegar de Florida.

— Sabía que probablemente estarías allí. Vi la invitación en casa de Travis. Sabía también que probablemente me odiarías por lo que había hecho, pero quería verte. No podía evitarlo. Me fui acercando poco a poco, pero no pensé que me reconocerías.

— Eso es imposible. Podía sentir tu presencia —respondió Max, contrariado—. Pero tu camuflaje sirvió para que nadie más te reconociera. ¿Te cortaste el pelo ese mismo día?

— No. Me lo corté hacía un año. Mi pelo largo fue usado contra mí demasiadas veces. Lo hice para sentirme mejor. Fue una especie de terapia. Me hizo sentir bien —le dijo.

— ¿Te arrastró por el pelo? —preguntó Max, con un tono agresivo.

Era lo menos que le había hecho, pero Mía no le dijo eso a Max. Su padre le había hecho lo mismo.

— Sí —se limitó a decir.

Letargo y agotamiento podían con el cuerpo de Mía. Bostezando, cerró los ojos.

— ¿Cansada? —le preguntó él.

— Mucho. No dormí anoche. Quería saborear la sensación de estar juntos una última vez, a pesar de que estuvieras completamente bebido —bromeó Mía—. No quiero imaginarme la enorme resaca que has debido tener esta mañana. ¿Te acuerdas siquiera de lo que pasó anoche?

— No mucho —admitió Max reacio.

— ¿Quieres que te recuerde cómo me acusaste de estar con otro hombre y cuánto querías odiarme? —bromeó sonriente— ¿Y por qué trajiste a Tucker? Creía que mi perro y tú a duras penas os soportabas.

Mía sabía que eso ya no era cierto, pero quería oír a Max admitir que, de hecho, él y el perro se habían convertido en los mejores amigos.

— Pensé que tenías un amante. No terminé de escuchar la historia completa antes de arremeter contra Travis. Todo lo que pude oír es que él había sido el responsable de alejarte de mí. No hablamos mucho después de eso. —Max cambió la posición de Mía para que pudiera tumbarse cara a cara en el sofá, cubriéndose ambos con la manta y apretándola contra él—. Y lo único que tengo en común con ese chucho es que los dos te queremos. No podía dejarlo solo en casa. Estaba siendo humanitario. Sigue siendo un coñazo.

— ¿No hablas con él? Tucker sabe escuchar —intentó convencerlo.

— Es un criticón. No lo aguanto —gruñó Max.

Mía se sonrió para sí al darse cuenta de que Max hablaba de Tucker como si fuera una persona. Sí. Habían congeniado, aunque fuera una relación de antagonismo.

— Lo adoras —acusó Mía.

— Me irrita como un demonio. Me echa la culpa de que te fueras —argumentó Max.

— Podrías haberlo dejado en casa de nuestros vecinos —le recordó Mía—. Adoran a Tucker.

— Él quería venir —dijo Max a regañadientes—. Estaba gimoteando. Te extrañaba.

Obviamente, Max no estaba dispuesto a admitir que quería a Tucker y que el perro se había apegado a él.

— ¿Has hecho las paces con Travis? —preguntó Mía, pasando los dedos sobre la zona amoratada debajo del ojo de Max.

— Bueno, estamos de acuerdo en no matarnos —dijo Max con una mueca.

— ¿Y con Kade?

— Le debo una por reírse de mi resaca —apuntó amenazante.

Mía se encogió

— ¿Fue muy mala?

— Lo suficiente para hacerme querer ser abstemio de ahora en adelante. No estoy seguro de que pueda volver a beber una gota de alcohol otra vez —dijo sombríamente—. Ahora sé por qué no me había emborrachado nunca. Tenía algo de sentido común antes de conocerte —bromeó—. La idea de tu traición y de vivir tu vida felizmente con otra persona me enloqueció. Puedo recordar cómo me sentía antes de emborracharme.

Mía suspiró.

— No puedo creer que no te emborracharas nunca. ¿Ni siquiera en la universidad?

— No. Me limité a estudiar mientras otros se divertían.

— Dios mío. Eres realmente perfecto —dijo Mía aparentando disgusto—. Y nunca podría existir alguien más. Hasta me tatué tu nombre en el trasero —le recordó bromeando.

Max restregó la marca posesivamente.

— Sí. Así es. Y es un reclamo cabrón.

— Me olvidaba que ahora dices palabrotas. Ya no eres tan perfecto —río Mía.

— Siempre las dije, pero no delante de ti. Mi padre nunca las dijo delante de mi madre —replicó, con un cierto resentimiento.

— No te reprimas —sonrió Mía—. Tengo dos hermanos. Conozco todas las palabrotas posibles y algunas me gusta usarlas de vez en cuando. Pero como tú nunca las decías, intenté que no se me escapara ninguna.

— Por el amor de Dios, ¡vaya pareja! Siempre te he adorado, pero no estoy seguro de que nos conociéramos. No, lo retiro. En el fondo de mi corazón te conocía. Pero con el resto de mi cuerpo fui un imbécil —respondió Max abatido—. Siento que no me encontraras cuando me necesitabas. No hubieras tenido que huir de Travis. Deberías haber sido capaz de acudir a mí.

Mía lo calló con un dedo en los labios.

— Yo no dejé que fuera así. Y tú tampoco pudiste encontrarme a mí cuando me necesitabas. Pero creo que los dos hemos cambiado. ¿Podemos empezar de nuevo? Quiero ser una esposa de verdad para ti.

Max arqueó una ceja y la miró confundido.

— ¿Pensabas que habría otra posibilidad? Tú no te vas a ninguna parte, cariño.

El Max arrogante y posesivo había vuelto y eso la excitaba. Mía se retorció intentando pegarse más a él, tanto como fuera posible. Cerró los ojos, completamente exhausta, pero sin querer perderse un momento de intimidad con él.

— Tú también me perteneces, ¿lo sabías?

— Mi amor, lo he sabido desde el día que nos conocimos —dijo Max con seriedad, todavía acariciando el tatuaje, con la vista perdida.

Con aquellas palabras, Mía sintió un vuelco en el corazón.

— Yo también —confesó. Se había enamorado de él desde el comienzo, cuando lo vio sonreír por primera vez.

Ella se durmió al poco tiempo, segura en el amor de Max, en sus poderosos brazos. Max siguió acariciando el tatuaje por algún tiempo, con una sonrisa de satisfacción y de sosiego, antes de sucumbir al sueño.

# Capítulo 12

La semana que siguió en el rancho de Montana resultó ser la más feliz en la vida de Max. Él y Mía se dedicaron a conocerse de nuevo, o quizás por primera vez y, a pesar de que él atesoraba cada día, cada nuevo descubrimiento acerca de ella lo hacía lamentarse por los años malgastados en los que podía haberla conocido pero no lo hizo. Ella seguía siendo la mujer dulce, increíble, con la que se había casado; la mujer que amaba con una intensidad que casi acababa con él, pero era también mucho más. Era complicada y perspicaz, misteriosa y desconcertante, y el reto de saber cómo trabajaba su mente lo intrigaba. Ella le había enseñado los diseños que había estado creando y su maestría y su pasión lo asombraron. Las cosas que nunca le había dicho en el pasado por temor a que él la rechazara lo hacían admirar aún más su fortaleza. Su mujer era una superviviente, una mujer que había vivido un infierno y se había hecho más fuerte y más juiciosa por ello. Podría reírse de sí misma y definirse como *un proyecto*, pero para Max era perfecta. Siempre lo había sido.

Se sentó en la cama y se puso las botas de senderismo, una compra que había hecho, junto a otras cosas, en un viaje a Billings. Haciendo una mueca, se las ató, pensando lo poco que él y Mía habían salido de la casa en una semana. Pero, la verdad, no le importaba lo más mínimo. Le parecía que ella le enseñaba el jodido tatuaje con demasiada frecuencia y protestaba muy poco cuando él cumplía su promesa de follarla cada vez que lo viera. El pene se comprimió contra la bragueta del pantalón vaquero.

*Mierda. No puedo ni pensar en ella sin que se me levante. Ni me hace falta ver el tatuaje para desearla.*

Max se sentía aliviado de no tener que ocultar nada a Mía nunca más, o de preocuparse por no ser el hombre que ella quería. Aparentemente, lo quería exactamente como era, y su constante afecto, la manera en que se confió a él, le sosegaban el alma. Fue a la cocina, deteniéndose en la entrada mirando las sensuales caderas de su mujer contoneándose por la cocina mientras recogía los platos al ritmo del *country* que venía de su teléfono. Nunca antes había escuchado aquella canción ni le gustaba mucho el *country*, pero no iba a olvidar esa melodía jamás. Incluso tendría que hacerse con la partitura para piano si existiera la posibilidad de verla moverse así cada vez que la tocase.

*Mía. Mi mujer. Mi amor. Mi vida. Por siempre.*

Max no se podía mover, casi no podía respirar mientras la miraba. ¿Cómo pudo vivir sin ella por más de dos años? Podía sentir su poder de seducción desde el otro lado de la habitación. La necesidad de estar pegado a ella era continua. Mía lo completaba y él había estado perdido desde el momento en que ella se fue. Ahora tenía una nueva oportunidad. Todo lo que necesitaba estaba en aquella habitación, bailando enfundado en unos vaqueros ajustados y un suéter verde esmeralda.

Mía volvió la cabeza, como si hubiese sentido la presencia de Max, sus labios recibiéndolo con una espléndida, acogedora, sonrisa. Dios, cómo le gustaba aquella sonrisa. Raramente se daba un momento en que no lo mirara así, como si nada la hiciese más feliz que verlo a él. Mía fue al teléfono y apagó la música, acercándose a él y rodeándole el cuello con los brazos.

— Espero que no te importe. Estoy usando tu teléfono. Me dejé el mío en Florida.

Podía usar lo que le diera la gana, todo lo que tenía. Podía usarlo a él, a todos los efectos, como quisiera, siempre y cuando no dejara de sonreírle de aquella manera.

— Tú eres todo lo que tengo. Lo que es mío es tuyo —respondió sencillamente, rodeándole la cintura con los brazos.

— Entonces, ¿no te importa que use tu maquinilla para afeitarme las piernas? —preguntó inocentemente.

— Bueno, todo excepto eso —respondió frunciendo el ceño. Se lo pensó un momento antes de continuar—. ¡Qué coño! Eso también lo puedes usar. Si las cuchillas se despuntan, me compro otra. —Max decidió que su sonrisa bien merecía un cargamento de maquinillas.

La sonrisa de Mía lo envolvió.

— No sería capaz. Sé dónde los hombres tienen su límite — admitió Mía.

— No hay límites entre nosotros —replicó Max, con hosquedad—. Traspasa mis límites cuando quieras. Invade mi territorio.

*Lléname de tu amor.*

La besó porque tenía que hacerlo, cubriendo sus labios de miel con los de él. Mía le respondió acogiéndolo, aceptándolo, abriéndose a él. Lo volvió loco. Se fundió con él perfectamente, siguiendo sus deseos como si fueran los de ella. Quizás lo fueran …pero lo encendía de la misma manera. Separó la boca de ella y enterró la cara en su pelo, absorbiendo su aroma, necesitando estar más cerca de ella. Quizás aún tuviera miedo de que alguien se la llevara otra vez y nunca lo resistiría.

— Pensé que ibas a montar —murmuró Mía contra el hombro de Max.

Los dos eran buenos jinetes. Mía había pasado los veranos en Montana con su abuela hasta que ésta murió, cuando Mía estaba en la universidad, y Max había pasado tiempo en Texas con un viejo amigo de su padre cuando este aún vivía. Habían pasado unos cuantos días montando y disfrutando el cálido Septiembre que estaban teniendo en Montana. Pero en ese momento, Max estaba pensándose qué clase de monta quería hacer.

— Quizás necesitemos montar de otra manera —insinuó Max sensual, deleitándose con su olor mientras la acercaba más a él.

— Me alegro que digas eso porque estaba pensando lo mismo — respondió descaradamente.

Quitándole los brazos de la cintura, lo cogió de la mano y tiró de él hasta la puerta principal. Sorprendido, Max la siguió sin resistencia, intentando adivinar si estaba pensando en un escenario alternativo para su *paseo*. Estaba dispuesto a cualquier cosa. Literalmente.

Llegaron a la puerta y ella la abrió con una sonrisa.

— Feliz cumpleaños, feliz aniversario, feliz Navidad —dijo, señalando al exterior.

Max entrecerró los ojos para filtrar la luz del sol y el brillo que cegaba sus ojos. El coche de alquiler había desaparecido y en su lugar había un Ferrari 458 Spider, un coche que había pensado comprar pero nunca lo hizo, a pesar de que había estado salivando por uno por bastante tiempo.

— ¿De quién es este coche?

Mía le puso las llaves delante de la cara.

— Tuyo. Quería regalarte algo por cada una de las ocasiones que no hemos celebrado juntos. Y sé que querías uno.

¡Guau! Max se quedó boquiabierto y se volvió a mirar a Mía.

— ¿Cómo sabías que quería un Ferrari? —preguntó.

Simon y Sam tenían ambos un Bugatti, Kade y Travis habían tenido multitud de juguetes para adultos, pero Max siempre había querido un Ferrari. Había algo acerca de las estilizadas líneas italianas que lo atraían.

Mía se puso las manos en la cadera y le sonrió traviesa.

— Estaba negociándolo cuando tuve que irme por segunda vez. Usé varias veces tu ordenador portátil y en la pantalla tenías este coche. Era evidente que lo querías. ¿Por qué no lo compraste?

Max conducía un Mercedes, un sedán no demasiado caro para su categoría.

— Porque no es de sentido común. ¿Para qué necesito otro coche, especialmente uno que vale más de un cuarto de millón?

Podría ser multimillonario, pero esto nunca parecía anular su lógica y su marcado sentido práctico.

— Max, te lo puedes permitir. Puedes tener lo que quieras. No tienes que hacer siempre lo que es razonable —se burló Mía tiernamente—. A veces está bien hacer algo porque quieres y no tienes que tener ninguna otra razón.

Sus ojos recorrieron el coche con deseo. ¿Desde cuándo había querido tener un Ferrari pero no lo había comprado porque no era necesario? Era totalmente innecesario, pero lo quería.

— ¿Lo has hecho por mí? ¿Cómo ha llegado hasta aquí? —preguntó todavía asombrado.

— Con la ayuda de mi hermano. Kade se encargó de que lo trajeran aquí. ¿Te gusta? —preguntó nerviosa—. Lo he pagado con mis propio dinero.

A él no le importaba qué fondos había usado. Podía usar su dinero cada vez que quisiese. De hecho hubiera preferido que no se hubiera gastado su propio dinero. Él tenía mucho más que ella, tanto que no podría gastarlo en una vida aunque se pasara el día comprando productos de lujo. No fue el dinero lo que le impidió comprárselo él mismo, era el sin sentido de comprarse uno.

— ¿Que si me gusta? Siempre he querido un Ferrari.

Cogió las llaves de su mano y se fue hacia el vehículo. Era único, rojo con asientos negros de piel. Tenía el techo bajado y sentía la urgencia de ponerlo en la carretera.

— Alquilas coches deportivos pero no te compras uno.

Max le sonrió como un niño grande, pasando la mano por la puerta del coche.

— Tenía que aliviarme la picazón de vez en cuando.

Mía lo rodeó con sus brazos, por la espalda.

— Curado para siempre ya —musitó.

Max se volvió y la levantó en brazos. Mía le rodeó la cintura con las piernas, poniendo sus miradas al mismo nivel.

— Tengo otra picazón —le dijo maliciosamente, dispuesto a esperar antes de conducir el nuevo coche—. No puedo creer que hayas hecho esto por mí. ¿Cómo es posible que sepas lo que quiero antes que yo mismo?

— Dotes de observación —le dijo riéndose—. Te espié. Y tú sabías que lo querías, simplemente no lo querías admitir. Has gastado dinero en mí sin sentido en el pasado, pero seguías reglas diferentes contigo.

Max no estaba seguro, pero pensaba que era más que mera observación. Mía lo entendía de una manera que ni él mismo se entendía.

— Yo también tengo algo para ti. —Y esperaba que le gustase—. Y gastar dinero en ti nunca es un sin sentido.

— ¿Qué es? —preguntó curiosa, dándole un beso en los labios antes de bajar las piernas y ponerse de pie armoniosamente.

Max estuvo a punto de gruñir a voz en grito. No tenerla tan cerca de él era casi doloroso.

— Lo compré en Florida. —Hurgando en el bolsillo, sacó un cajita de terciopelo negro. La abrió nerviosamente—. No sabía si volverías a encontrar tu anillo de bodas, así que te compré este.

El anillo tenía una banda de platino cubierta de diamantes, un zafiro enorme en el medio engarzado en un corazón del mismo metal y rodeado de diamantes.

— Oh, Max —A Mía se le cortó la respiración cuando tomó la cajita, temblándole las manos—. Es increíble. Pero ya tengo mi anillo de boda.

— Tienes otro dedo —le recordó Max con una sonrisa—. Un anillo por nuestro primer matrimonio y otro por nuestra segunda oportunidad. —Sacó el anillo de la caja y se lo puso en el dedo anular de la otra mano—. Tenme siempre contigo —le pidió, queriendo que no hubiera sido necesario decirlo. Él, definitivamente, la tendría siempre con él.

Atónita, lo miró con lágrimas en los ojos.

— Es exquisito. Ha debido costarte una fortuna. El zafiro debe tener por lo menos diecisiete quilates.

Max se había olvidado por un momento que estaba casado con una diseñadora de joyas y que sabía algo de gemas, aunque ya no trabajara con ellas.

— El precio no es problema. Yo quería más diamantes, pero Gabrielle dijo que serían demasiados.

— Gabrielle. Claro. Me parecía un trabajo suyo. Pero tiene su agenda completa. ¿Cómo conseguiste que te hiciera esto tan rápidamente?

Max había tenido que pagar una buena cantidad en efectivo y arrastrarse un poco a los pies de la famosa creadora para que le diera prioridad al anillo de Mía. Pero hubiera pagado cualquier cosa para conseguirlo y ponerlo en su dedo lo antes posible. Después de ver cómo había lamentado la pérdida de su anillo de boda, hubiera dado su fortuna por darle otro.

— ¿Te gusta? —le preguntó ansioso, sin querer discutir más el precio ni cómo tuvo hecho el anillo en tan poco tiempo.

Mía acarició el anillo con veneración y con brillo en los ojos.

— No hay ninguna mujer en el mundo a lo que no le gustaría. Gracias, Max. Te quiero. Te quiero.

— No llores. —Le secó las lágrimas de sus mejillas—. Tenía que hacerte sonreír.

— Estoy feliz. Pero es que es una pieza tan increíble. No necesitabas haber hecho esto. Ya tengo un anillo de boda espectacular.

— Tú tampoco tenías que comprarme un Ferrari —le recordó él.

— Quería hacerlo —argumentó ella.

— Lo mismo te digo —dijo Max, sonriendo de lado.

— ¿Estás pensando en darme un paseo? —preguntó Mía, volviendo la mirada al flamante coche.

Claro que quería. Quería darle el paseo de su vida. Max estaba considerando tirársela en el capó del Ferrari, completamente desnuda, pero Mía ya había corrido hacia el lado del copiloto y saltado al asiento del coche.

Resignado, abrió la puerta y se hundió en el asiento de piel. Encendió el motor y dio la vuelta con el coche, en dirección a la autopista. Condujo despacio por el camino, intentado evitar los baches, y tomando nota mentalmente de que había que rellenarlos tan pronto como fuera posible.

— ¿Sabes adónde vamos? —le preguntó a Mía cuando se detuvo al final del sendero, sin saber exactamente adónde conducían las carreteras aledañas ni cuál era el destino que llevaban.

— ¿Importa? —preguntó Mía, su pelo enredado por el viento.

Max arrugó la frente. Nunca había sido el tipo de persona que improvisara. Siempre sabía adónde iba, lo que estaba haciendo y por qué. Pero en el coche con el que había soñado desde adolescente, con una hermosa mujer a su lado, *una mujer a la que amo y a quien pensaba que no iba a tocar nunca más*, pues no. No le importaba adónde iba siempre y cuando Mía fuera con él.

Las frente y todo su cuerpo se distendieron al mirar a Mía, luminosa, resplandeciente, y sus labios se curvaron dibujando una sonrisa de niño.

— No. No importa en absoluto.

— Pareces un adolescente al que acaban de darle el permiso de conducir —observó Mía, divertida.

— Hace mucho que tengo permiso, pero me siento como un adolescente por dos razones —le dijo con voz rasposa.

Empezó a secársele la garganta al mirarla.

— ¿Cuáles?

— Quiero ver si este aparato va de cero a cien en cuatro segundos y si tú me pones más caliente que un adolescente que no piensa en otra cosa que meter mano a la chica que tiene al lado —respondió él, mirándola de forma amenazante.

— Lo tienes fácil conmigo —replicó Mía, en voz baja, sensual—. Soy tu mujer. —Hizo una pausa—. Gira a la derecha, hay un tramo de carretera completamente recto.

Podría ser su mujer, pero nunca se lo había puesto fácil. Por suerte, se estaba refiriendo al sexo y en eso no le importaba que fuera fácil ...con él. Mía podía tomarle el pelo, jugar con él, y hacerlo poco a poco una mejor persona. Podía llevarlo al límite, hacerle ver que podía sacudirse su imagen de Don Perfecto y, a pesar de todo, seguir siendo el hombre del que sus padres se sentirían orgullosos. Nunca sería temerario y nunca se abandonaría por completo, porque él no era así, pero estaba aprendiendo que no todo en la vida tiene que tener sentido. De hecho, muchas de las cosas realmente buenas, las que hacían la vida digna de ser vivida, no necesitaban de la lógica y la razón.

Mirando nuevamente al frente, disfrutó simplemente del rumor de la poderosa máquina entrando en la carretera. No había ningún coche a la vista y, normalmente, no había ninguno hasta llegar a la autopista. El rancho estaba relativamente distante de Billings y el área estaba bastante despoblada.

— De cero a cien en menos de cuatro segundos —dijo Max hablando consigo mismo, conduciendo lentamente mientras contemplaba la carretera que tenía por delante y se acostumbraba a manejar el coche.

— Bien, veamos, abuelo. Adelante. Pero cuidado con los ciervos —dijo Mía alegremente, más que preparada para que hiciera despegar el coche.

Max aceleró. El coche respondió con un rugido al tiempo que el motor lanzaba el coche por la carretera, como una bala; los caballos escondidos bajo el estilizado capó empujaban vertiginosamente el cuentakilómetros .

65 por hora.

80 por hora.

100 por hora.

— ¡Guau! Es verdad —dijo Max lo suficientemente alto para que Mía pudiera oírlo a pesar del viento y del rugir del motor.

Su mujer se limitó a dar un grito de alegría que lo animó a seguir acelerando hasta hacerlo sentir que estaba volando. Apretó el acelerador tanto como tener a su esposa al lado le permitía. Luego, cuando estuviera sólo, apretaría algo más. Pero no con quien era toda su vida al lado. Podría estar relajando sus costumbres, pero no era estúpido. Bajando la velocidad hasta poco más que el límite permitido, deseaba desesperadamente encontrar las palabras que quería decirle. No era el regalo del coche lo que le conmovía, sino el que quisiera hacerlo feliz.

— Gira aquí, a la derecha —le indicó Mía con excitación.

Max no preguntó adónde iban. Seguía sin importarle. Giró a la derecha y Mía le fue dando direcciones a lo largo de unos cuantos giros hasta llegar a un área de descanso. Se bajó del coche y cogió a Mía por la cintura, cuando esta estaba a punto de saltar del descapotable, y la aupó por encima de la puerta, saboreando el contacto de su cuerpo. La dejó en el suelo, sin querer dejarla del todo.

— Este es uno de mis sitios favoritos. Quiero que lo veas —le dijo Mía, cogiéndolo de la mano, entusiasmada, y llevándolo por una vereda.

Confundido, Max se dejó llevar, disfrutando de la vista que tenía delante.

No fueron muy lejos hasta llegar a una empinada cuesta que terminaba en una vista espectacular. Rodeado de árboles de hoja perenne, el promontorio ofrecía una vista perfecta de varias montañas y la sensación de que uno podía mirar hasta el infinito. Max vio la señal de peligro cuando se acercó a Mía, poniendo los brazos alrededor de su cintura. Miró hacia abajo, un acantilado de unos treinta metros bajo sus pies.

— Me encanta este lugar —dijo Mía serenamente—. Solía venir aquí cuando me sentía realmente sola.

La vulnerabilidad en su voz le dio un vuelco al corazón de Max.

— ¿Con cuánta frecuencia pasaba eso? —se preguntó en voz alta, descansado la cabeza contra su pelo, lamentando que Mía se hubiera sentido sola alguna vez. Él sabía cómo dolía eso.

— Todos los días —admitió con tristeza, cubriendo con sus manos las de él, que descansaban en su cintura, y suspirando aplacada—. No había un día que no pensara en ti.

Max intentó tragar el nudo que se había formado en su garganta, incapaz de poner en palabras exactas lo desolado que él se había sentido sin ella. En su lugar, le dio la vuelta, le levantó la barbilla y la besó con ansia. Sabía a menta, a moca, a rocío, y Max se entregó a ella con abandono, paladeando todos sus sabores. Ella confundió su boca con la de él, dejando escapar un leve gemido que trastornó a Max. Besar a Mía era como beber sin jamás saciar su sed del todo.

*Es mía.*

Y Max estaba decidido a no echarlo todo a perder nunca más. Separando los labios, le habló con un ronroneo.

— Te quiero. Te he añorado tanto que me parecía que había dejado de vivir. Te necesito, Mía.

No más historias, no más pretender que no la ansiaba continuamente, que no deseaba hacerla suya a cada instante. No más huir. Nunca más. Ninguno de los dos.

Ella jadeaba.

— Tus besos son peligrosos— dijo bromeando, sonriente, dando un paso atrás.

Apenas terminó de hablar cuando el suelo empezó a desmoronarse bajo sus pies. Max se dio cuenta de lo cerca que estaba del precipicio y se abalanzó sobre ella, pero nada pudo evitar que Mía cayera, desapareciendo de su vista antes que pudiera agarrarla por el suéter.

Todo lo que oyó fue el grito horrorizado de su mujer. Luego, nada.

# Capítulo 13

ía temblaba de miedo aferrada a un arbusto que salía
del acantilado, con los pies apoyados en lo que debía ser
una pequeña protuberancia en la roca que formaba el
precipicio.

*Respira, Mía. Respira. No estás muerta...todavía.*

Tras la momentánea parálisis causada por el pánico, intentó hacerse
con la situación. Y no era fácil. Colgaba peligrosamente, sólo el vacío
entre ella y una larga, mortal caída. No las mejores circunstancias
para pensar con claridad.

— ¡Mía!

El atormentado grito de Max la devolvió a la realidad. Mirando
lentamente hacia arriba, pudo ver la cabeza de Max asomándose. Su
proximidad la reconfortó. Sus angustiosas miradas se encontraron
mientras ella, con mucho cuidado, soltaba una mano y extendía el
brazo. A su vez, desde el suelo, Max estiró un brazo para cogerla,
pero había demasiada distancia entre los dos.

Cerca, pero no lo suficientemente cerca.

— ¡Mierda! Voy a bajar —oyó decir a Max decidido.

Espantada, volvió a agarrarse del arbusto con las dos manos.

— No, Max. Busca ayuda. —La caída podría matar a cualquiera. Había mirado hacia abajo las suficientes veces para saber que no había nada más que una pared plana debajo de ellos. Había algunos salientes para sostenerse y ella estaba a duras penas sujeta a uno de ellos—. No puedes bajar. Te caerás. Por favor.

A Mía había dejado de importarle si ella se caía, pero no podía soportar que le sucediera a Max.

— Ya lo verás —dijo Max inflexible, sus piernas oscilando sobre el precipicio—. Tú no puedes aguantar mucho más tiempo.

No…probablemente no podía. El arbusto era lo único que la mantenía contra la pared. El saliente bajo sus pies apenas le ayudaba a aligerar el peso de sus brazos.

— ¡Max! Maldita sea. Estate quieto.

El corazón se le detuvo en el pecho al verlo descender, un tortuoso instante tras otro, a medida que él encontraba apoyo en los sitios más impredecibles.

— Tú no te mueres hoy aquí, cariño. Ni ningún otro día. Ahora que acabo de recuperarte —protestó él, con un sonido gutural, roto.

Estaba decidido. No podía verle la cara. En ese momento, Mía maldecía su tenacidad.

— Esto es una locura. Vamos a morir los dos.

— Nadie va a morir —dijo Max, sin aliento, poniéndose con cuidado a su lado, agarrando otra pequeña rama del arbusto, a la altura de Mía.

A Mía le faltaba el aire, el miedo se había apoderado de ella. Max apenas sujeto a la roca, su agarre aún menos estable que el de ella. Sus miradas se encontraron, ella aterrorizada, él fuego líquido en sus ojos color miel; una mirada de determinación, animal, resoluta, que nunca había visto antes en él.

— Max. Por favor. —Las lágrimas surcaron su rostro, su cuerpo estremecido sabiendo que a Max le daba igual morir por salvarla. Ella lo había puesto en esta situación por ser una idiota y acercarse tanto al precipicio, pero Max no había dudado ir tras ella—. Terco como una mula —susurró desesperada—. Se supone que tú eres el sensato de los dos.

— No cuando se trata de ti —respondió Max con seriedad—. Tú sales de esta, cariño.

—Max. Tú no puedes …

Le puso una mano debajo de las nalgas y la empujó, pasando a ocupar su lugar mientras lo hacía.

— Agárrate, ¡maldita sea! —le ordenó, observándola desde abajo.

No estaba lejos de la cima y la voz firme de Max la hizo luchar por encontrar un apoyo y evitar que él cayera. Un último poderoso empujón desde abajo puso su torso sobre la cima y Mía se arrastró arañando el suelo, jadeando y sin aliento hasta colapsar en suelo firme. Se volvió y dejó asomar la cabeza sobre el precipicio. Tragó aire al ver que el apoyo que había tenido en los pies se desprendía. Max había puesto demasiado peso en él cuando la empujó por segunda vez. Vio a Max oscilar inestable por un instante, el instante más largo en la vida de Mía, hasta que encontró un nuevo apoyo.

*Por favor. Por favor, que no muera.*

Ella se arrastró con los codos hasta asomar el pecho, queriendo acercarse a él.

— Retrocede inmediatamente —ordenó Max con brusquedad, encontrando otro asidero, tirando poco a poco de su cuerpo hacia arriba.

Mía retrocedió, pero no mucho, resuelta a ayudar a Max.

— Puedes cogerme la mano.

— ¡Atrás, joder! —la voz de Max sonó contundente. Su cuerpo poco a poco escalando la pared, a base de fortaleza y terquedad masculinas.

Dándose cuenta de que su marido, firme, no iba a correr el riesgo de tirar de ella hacia abajo, Mía se hizo a un lado, dejando sitio para que su marido trepara hasta la cima y para ayudarlo en su ascenso. Lo cogió por la cintura del pantalón y tiró de él con todas sus fuerzas en cuanto vio aparecer su torso.

Tragó aire cuando él la agarró por la cintura y echó a rodar con ella lejos del borde dentado de la roca, protegiéndola con su cuerpo. No dejó de rodar hasta que dieron contra el tronco de un árbol. El cuerpo de Mía arrellanado en el de él.

Él se levantó y la ayudó a ponerse de pie. Había fuego en sus ojos.

— ¿Estás bien? —preguntó, tocándola por todas partes en busca de alguna herida.

Mía exhaló meditabunda, su cuerpo aún temblando. Max tenía raspones y cortaduras, pero estaba de una pieza.

— Estoy bien. Sólo temía que te mataras. ¿Qué estabas pensando? —le riñó enfadada; la adrenalina haciéndose dueña de su cuerpo—. Lo que hiciste fue estúpido. No vuelvas a hacerlo, Maxwell Hamilton. Me has quitado veinte años de vida y me has asustado de muerte. —Le dio un puño en el hombro. Y luego otro, desahogándose contra la masa sólida de músculos que era Max.

Max la cogió, con calma, mientras que ella continuaba golpeándole el pecho. Empezó a bajar la cuesta con su cuerpo desgranado en brazos. Se paró a mitad de camino y la puso de pie en el suelo. La agarró por las muñecas y la empujó contra un enorme árbol, dominándola con muy poco esfuerzo. Con la adrenalina por la nubes, ella dejó de golpearlo y empezó a sollozar. El miedo la dominaba ahora.

— ¿Qué haría yo si algo te pasara, Max? No lo soportaría.

— Lo sé. Así es como me sentí por más de dos años, cuando creí que estabas muerta, cariño— respondió con voz gruesa, emocionada.

Mía dejó de forcejear. Por fin era consciente de la realidad de lo que acababa de pasar. Había vivido unos instantes de agonía pensando que Max iba a morir. Él había pasado más de dos años sin saber, pensando que ella estaba muerta. Había estado sola, añorando a Max, pero al menos sabía que él estaba vivo.

— No hubiera podido soportarlo. Los siento. Lo siento.

Sentir la intensidad de lo que Max había sufrido la llenaba de remordimiento, angustia, y pesadumbre.

— Lo pasado ya no importa, Mía. Sólo me importa nosotros. Si estás conmigo, nada más importa. Entiendo que me estabas protegiendo. Entiendo que no sabías qué otra cosa hacer. Yo fui parte del problema por la puta manera como hacía las cosas. Déjalo pasar. Necesito hacerte el amor —se desahogó Max, agarrando el suéter de Mía y sacándoselo por la cabeza—. Estamos vivos. Estamos juntos.

— No puedo creer que bajaras a rescatarme —dijo ella, todavía aturdida.

— Donde quiera que estés, siempre te voy a seguir —juró él con solemnidad.

Mía miró la expresión de Max, de pasión, angustia y deseo, y sintió su cuerpo en llamas. A Max también le había subido la adrenalina, pero necesitaba desahogarse de manera completamente diferente.

Mía sintió un calor súbito en el vientre, sus necesidades respondiendo a las de él, y, repentinamente, los dos estaban desnudándose mutuamente, frenéticamente, queriendo acercarse más. La ropa cayó al suelo; los dos perfectamente conscientes que que podían haber muerto y nunca más experimentar esta cercanía.

— Estate quieta —le pidió Max bruscamente, sujetándole las manos sobre la cabeza, contra el árbol, completamente desnudos los dos.

Mía jadeaba con intensidad, su entrepierna humedecida al oír la autoritaria voz de Max. Obedeció inmediatamente. Su cuerpo entero se distendió cuando clavó los ojos, con deseo de mujer, en la intensa expresión de Max. Su marido podría haber sido reacio a aceptar sus tendencias de macho alfa con ella, pero ahora su mirada posesiva, protectora y codiciosa no dejaba lugar a dudas. Todos esos deseos de dominación se manifestaban en gloriosa abundancia en el ardiente, musculoso macho que tenía delante de ella, exudando testosterona por cada poro de su escultural cuerpo. Su piel estaba arañada y sudorosa; las gotas de sudor le cubrían el rostro mientras que la sometía con sus ojos hambrientos.

— Necesito que me necesites —le dijo con voz grave, cogiéndole con una mano las muñecas mientras que con la otra le acariciaba un pecho, dibujando círculos con el pulgar alrededor de su pezón.

Mía gimió, sus pezones duros e increíblemente sensibles; el menor toque sacudiendo sus terminaciones nerviosas.

— Te necesito. Tómame, Max. Te lo pido.

— ¿Sabes cómo me sentí cuando te caíste? —preguntó recriminándola, llevando su mano al otro pecho, pellizcándole ligeramente para luego acariciarlo.

— Sí — exclamó Mía—. Igual que me sentí yo cuando te vi colgando del precipicio.

— Sentía que morías otra vez. —Max puso la mano entre los senos de Mía y la bajó lentamente hasta el vientre—. Y yo también morí por un momento.

Su voz era rasposa, pero su toque se sentía suave entre las piernas, con delicadez separando los labios vaginales y acariciándolos sutilmente. No era bastante y el cuerpo de Mía empezó a protestar. Sus caderas se empujaron adelante, necesitando más presión, más de él.

— Te necesito —dijo con deseo, gimiendo, mientras los dedos de Max le frotaban el clítoris, jugando con ella.

— No me basta, cariño. Te quiero más necesitada —le susurró al oído, mordisqueándole el lóbulo y pasándole la lengua alrededor—. Quiero que te corras. Porque sé que una vez dentro, no voy a durar. No esta vez.

Mía gimió en protesta, necesitando su contacto más que nada en el mundo. Max quería satisfacerla y ponía sus necesidades por delante de las de él. Pero ella lo quería dentro, necesitaba estar unida, atada a él.

— Entonces hazme venir. Porque tengo que tenerte dentro ya — dijo en voz alta, sin importarle quién la oyera.

Max se estremeció, como si hubiera perdido el control, y se lanzó a su boca, con los dedos jugando como cuando tocaba el piano. Fuertes, seguros, perfectos. Explorando encontró el clítoris abultado, necesitado de su atención. Deslizó la mano arriba y abajo con un poderoso vaivén, mientras que su boca se clavaba en la de Mía, sin aminorar la presión, hasta que la hizo estallar en pedazos, todo su cuerpo sobrecogido con la explosiva intensidad del clímax .

Separando su boca de la de ella, Max le soltó las muñecas y la levantó por detrás.

— Sujétate a mí con los brazos y las piernas —le ordenó, sin dejarla apenas tomar aliento antes de enterrarse dentro de ella con un alarido animal—. Nada entre nosotros esta vez. ¡Qué bien se siente!

Mía le puso las piernas alrededor de la cintura, los brazos alrededor del cuello, obediente, tragando aire cuando la penetró, enterrándose hasta los testículos. Max intentaba mantenerla separada del árbol para que no se hiciera daño en la espalda, pero a ella no podía importarle menos si se arañaba un poco. La sensación de tenerlo dentro era lo único que importaba y ella era demasiado apasionada para preocuparse por eso.

— Sí —lo alentó, pasándole la lengua por el cuello y mordisqueándole la piel, recreándose en su primitivo gruñido de aprobación mientras que él se retraía y volvía a entrar. Más duro, más fuerte, más profundo.

Mía jadeaba con cada acometida de su pene, sus caderas empujándole el clítoris, sensible, mientras la martilleaba golpe a golpe, cada embestida más frenética y furiosa que la anterior. Sintió un orgasmo venir, incontrolado y enérgico, tan poderoso que la hizo gritar.

— Te quiero.

Max gimió y se estremeció al impulsar sus caderas dentro de ella, las paredes de su canal vaginal empuñándole el pene, ordeñándolo, al tiempo que ella se corría sin poder hacer nada para evitarlo. Mía le agarró la cabeza y lo beso, gimiendo en su boca mientras que una ola de calor la recorrió como si se estuviera quemando. Se sintió ebria de placer y delirio cuando sus lenguas se encontraron y se entrelazaron de todas las maneras posibles, sus cuerpos meciéndose unidos, abrazados en un mundo que les pertenecía sólo a los dos.

Max la bajó con él al suelo, sobre la hierba. Mía encima de él, sin separar los labios, saboreándose mutuamente. Con una mano le acarició el pelo; la otra posesivamente sujeta a sus nalgas, con la mirada perdida, acariciándole con los dedos el tatuaje. Completamente abatida, Mía descansó la cabeza en el hombro de Max.

— Me hiciste pasar mucho miedo. No vuelvas a hacerlo — murmuró. Quiso poner convicción en su voz, pero estaba demasiado cansada.

— Cariño, si eso te provoca esta reacción, creo que lo haré todos los días —replicó Max con una risita viril.

— Me divorciaré de ti —declaró Mía sin convencimiento.

— No. No lo harás —dijo él desafiante, acariciándole el pelo con delicadeza.

— ¿Cómo lo sabes? —preguntó ella impertinente.

— Porque me amas —le recordó él confiado.

— Sí. Eso es cierto. —Mía estaba tan rendida que no quería discutir. Tenía razón. Pasase lo que pasase, siempre estarían juntos. Creía que había sido una suerte de predestinación que le hubiera arruinado aquel traje, de otra manera nunca habría visto su destino escrito en aquellos increíbles ojos color miel—. ¿Te das cuenta de que estamos en público y desnudos? Esto no es bueno para tu imagen, ¿lo sabías?

— Tú mandaste mi famosa flema marca Hamilton a la mierda cuando te conocí —se quejó Max—. Don Perfecto dejó de serlo.

— ¿Te importa? —preguntó Mía con curiosidad, queriendo saber si lamentaba haber perdido algo de su vieja imagen; el razonable, callado, respetable Max que solía ser.

Se echó hacia atrás para mirarlo a la cara. La sonrisa feliz, pueril, de su rostro le dio un vuelco al corazón.

— Por supuesto que no. Empiezo a comprender que ser un mal chico es mucho más divertido.

La besó tiernamente y la levantó con él. Se vistieron rápidamente, riéndose mientras se quitaban restos de hierba y hojas uno a otro. Max la cogió de la mano mientras terminaban de descender la pendiente y la ayudó a subir al coche.

Condujo al límite de velocidad de camino de regreso a casa. Mía bromeó diciéndole que conducía como un abuelo. Él le respondió que habían corrido suficientes riesgos por un día. Ella sonrió. Max no era perfecto, pero casi. Ninguna mujer podía ser más afortunada.

Reclinándose en la lujosa piel del asiento, Mía se convenció de que, después de todo el dolor y la angustia de los últimos años, Max y ella estaban por fin juntos, como tenían que haber estado siempre. Y si Max estaba con ella, no importa dónde, siempre se sentiría en casa.

## Epílogo

*Un mes después, en Tampa.*

Max miró al documento que tenía en la mesa con el ceño fruncido, preguntándose si la información que tenía era factual. ¿Era realmente posible que él y Maddie tuvieran otro hermano? Había investigado para asegurarse de que no tenía más familia dispersa por el mundo. A pesar de que estaba completamente satisfecho con su vida en ese momento, no quería tener ningún hermano por ahí de quien no supiera nada. Aunque agotara todos sus recursos, siempre le quedaría la duda. Así que dejó que unos investigadores hicieran el trabajo por él. Su madre biológica había estado casada otras dos veces después de que su padre murió. Podría ser posible que hubiera tenido otros hijos. La información que tenía era vaga, pero necesitaba investigar la posibilidad, comprobar la información que sus agentes habían descubierto.

— Sí. No hay problema. Lo puedo comprobar —dijo Kade a través del altavoz.

— No es muy probable, pero tengo que saberlo, y no quiero dejar sola a Mía tan pronto. No puedo —confesó Max a su cuñado—. Además, tiene proyectos que terminar.

— Los dos necesitáis daros un descanso ya.

La queja de Kade retumbó en la habitación. Seguro. Max esperaba que nunca lo hicieran. Aunque sabía perfectamente de lo que Kade estaba hablando, preguntó pretendiendo inocencia.

— ¿De qué?

— Del empalagoso enamoramiento. ¡Es demasiado! —respondió Kade disgustado.

Max levantó la vista cuando Mía entró en la habitación, espectacular en un vestido rojo que obligó a Max a tener una erección.

— Mía está lista. Nos vamos. Tenemos que ir a una fiesta benéfica. Gracias por ayudarme con esto. Te enviaré lo que tengo —dijo Max a Kade, sin poner mucha atención, y desconectó la llamada.

Se puso de pie y se sacudió las mangas del esmoquin, sin dejar de mirar a su esposa. Los dos se encontraron en el medio de la habitación. El último mes había sido un tiempo de exploración y descubrimiento para los dos. Cada día se repetía que no podía amar a su mujer más de lo que la amaba a ella. Pero cada día, se enamoraba un poco más de la increíble mujer que tenía delante de él, una mujer que se había dado en cuerpo y alma a él durante el último mes y le había permitido a él hacer lo mismo. Estaban unidos de una forma que no habían estado antes, compartiendo la alegría y la desgarradora emoción de un amor tan fuerte que dolía …pero no del todo. El éxtasis bien merecía el dolor. Para él, Mía valía todo eso y más.

— Estás guapísima.

Sabía que no eran la palabras adecuadas. Estaba deslumbrante. El vestido rojo de cóctel le llegaba a las rodillas, la tela le abrazaba insinuante sus curvas.

— Tú no estás nada mal tampoco, Sr. Hamilton —dijo Mía coqueta mientras le ajustaba la pajarita del esmoquin—. ¿Listos?

— Cuando tú digas, mi amor. ¿Estás segura de que te apetece ir? Sé que no te gustan mucho este tipo de reuniones. Pero si alguien te irrita, dile exactamente lo que piensas. —Aunque Max no creía que su mujer tendría ahora ningún problema en hacerlo.

Max sabía que ella accedía a ir con él a estos eventos porque él tenía que ir, pero siempre iba con él. Le agradecía que estuviera a su lado, pero no quería que siguiera haciendo algo que no le gustaba por complacerlo.

— No me importa. Es algo que tienes que hacer y quiero estar contigo —le dijo con calma—. Estoy lista —aseguró, dándose la vuelta en dirección a la puerta.

Max se quedó boquiabierto cuando vio la espalda del vestido. O mejor dicho, cuando vio que el vestido no tenía espalda casi. El delantero era engañosamente decoroso, pero la espalda era completamente *inaceptable*.

— ¿Va a ir así? —preguntó Max atónito.

— ¿No te gusta? —dijo inocentemente, guiñándole un ojo.

¿Que si le gustaba? Ya lo creo. A cualquier hombre que lo viera le gustaría. La espalda estaba completamente abierta, dejando ver una abundante cantidad de piel.

— Me encanta. Y también le encantará a todos los hombres en la fiesta. Voy a acabar la noche a golpes —protestó, con la boca seca y la respiración contraída mientras miraba cómo se movía la seda, tentadora, en torno a su cuerpo.

— No me importan los demás. Sólo me importa lo que tú pienses —le dijo seria.

Max avanzó lentamente, sin dejar de mirar con ojos codiciosos, posesivos, el pedazo de piel que dejaba ver el vestido.

Es mía. Siempre ha sido mía y siempre lo será.

— ¿Cómo puedes llevar ropa interior con eso? —preguntó con voz de deseo, aunque prefería no saber la respuesta.

— Es un poco complicado. La verdad, no puedo ponerme ninguna con este vestido —contestó sin inmutarse, llegando a la puerta.

— Me temía que me ibas a decir eso.

Max la alcanzó en la puerta. Llevó una mano a la espalda del vestido. Con un pequeño empujoncito a la tela pudo ver el tatuaje de Mía.

— Dios. ¡No sabes lo que esto me provoca!

— Lo sé. Pero no se ve —razonó Mía.

Poco le importaba a Max. Sabía que estaba allí y lo estaba viendo en ese momento.

— ¿Recuerdas lo que te dije? —ronroneó como previniéndola.

— Lo recuerdo —dijo Mía, volviéndose con una sonrisa peligrosa.

Estaba tirando de la cuerda, lo tenía a su merced: tragó anzuelo, plomo y sedal.

— Siempre cumplo mi palabra —la amenazó—, y llegaremos tarde al baile. — No es que le preocupara. Tenía los testículos a reventar y ¿quién lo iba a echar de menos de todas maneras?

— No sería la primera vez.

Mía se giró y le pasó los brazos por el cuello. Max no tenía escapatoria, pero no se resistió. La cogió en brazos y la besó mientras se dirigían al dormitorio. La risa de Mía resonó por toda la casa, una casa enorme rebosando de amor.

No llegaron tarde a la fiesta. Nunca llegaron.

Max mandó una disculpa al día siguiente, pero no fue más que una formalidad. Una nota que decía que lo sentían, que les surgió una emergencia que atender. La verdad es que no lo sentían, y la excusa no era exactamente una mentira. Pero no podía decir toda la verdad: que nunca salieron de casa esa noche por culpa de un vestido de seda rojo, un tatuaje provocador y algo que, ciertamente, resultó ser una emergencia.

## Biografía de la Autora:

J.S Scott es una de las autoras más vendidas de novelas de romance eróticas. Aunque es una lectora ávida de todo tipo de literatura, escribe lo que más le gusta leer. J.S. Scott escribe historias eróticas de romance, tanto contemporáneas como paranormales. En su mayoría, el protagonista es un varón alfa y todas terminan con un final feliz porque no parece que la autora esté dispuesta a terminarlas de otra manera. Vive en las hermosas Montañas Rocallosas con su esposo y sus dos muy consentidos Pastores Alemanes.

Visita mi sitio de Internet:
http://authorjsscott.com

Facebook
http://www.facebook.com/authorjsscott

Facebook Español:
https://www.facebook.com/JS-Scott-Hola-844421068947883/

Me puedes mandar un Tweet:
https://twitter.com/AuthorJSScott @AuthorJSScott
https://twitter.com/JSScott_hola @JSScott_Hola

*J. A. Scott*

Instagram
https://www.instagram.com/authorj.s.scott/

Goodreads:
https://www.goodreads.com/author/show/2777016.J_S_Scott

Recibe todas las novedades de nuevos lanzamientos, rebajas, sorteos inscribiendote a nuestra hoja informativa en:
http://eepurl.com/KhsSD

*Otros Libros de D. A. Scott*

**La Obsesión del Multimillonario Series:**

Corazón de Multimillonario ~ Sam (Libro 2)
La Salvación del Multimillonario ~ Max (Libro 3)

**Próximamente**

El Juego del Multimillonario
La Obsesión del Multimillonario~Kade

**La Serie de Los Hermanos Walker:**

¡Desahogo! ~ Trace (Libro 1)